SONDERZAHL

KLEMENS RENOLDNER

Geschichte zweier Angeklagter

Mit einem Nachwort von
Oliver Rathkolb

SONDERZAHL

Diese Publikation wurde von der Literaturabteilung der Stadt Wien, MA 7, gefördert.

www.sonderzahl.at

2., durchges. Auflage 2023
Schrift: Swift
Umschlaggestaltung: Matthias Schmidt
Druck: booksfactory
ISBN 978 3 85449 622 9

Dieses Buch ist meiner Tante Martha Dalbauer, geb. Renoldner, (1921–2013) gewidmet, die mir die Geschichte von ihrer Fahrt auf den Obersalzberg erzählt hat.

I

Die Herabsetzung

Mein Großvater Alois Renoldner (1884–1966) stammte aus einer oberösterreichischen Bauernfamilie. Er war verheiratet, hatte sieben Kinder und war als Major der Gendarmerie in der Sicherheitsdirektion Linz tätig. Am 13. März 1938, am Tag nach Hitlers Rede am Linzer Hauptplatz, wurde er von seinem Vorgesetzten, Oberst Ewald Simmer, der sich schon früh für den Nationalsozialismus begeistert hatte, verhaftet und ins Linzer Landesgefängnis, später ins Konzentrationslager nach Dachau, gebracht.

Im Februar 1939 kam mein Großvater wieder frei und konnte zu seiner Familie zurückkehren. Nachdem der Krieg und das Tausendjährige Reich zu Ende waren, wurde er rehabilitiert und wieder in den Dienst der Gendarmerie aufgenommen. Erstaunlicherweise wurde aber jener Offizier, der mehrere seiner Kollegen ins Gefängnis und ins KZ gebracht hatte, in dem gegen ihn angestrengten Prozess freigesprochen.

Erinnerungen an meinen Großvater habe ich in fünf Erzählungen in dem Band „Fein vorbei an der Wahrheit" (2021) aufgeschrieben. Auch eine späte Ehrung bei seinen Geschwistern, die in die USA ausgewandert waren, habe ich für ihn erfunden. Gemeinsam ist diesen Geschichten, wie sehr unser Denken und Empfinden von einer Schwarz-Weiß-Moral bestimmt ist. Für den Großvater bestand die Welt aus Halunken und Anständigen, bei Karl May und in der amerikanischen Dramatik des kalten Krieges wird sie sehr ähnlich präsentiert. Anstelle von unumstößlichen Wahrheiten, klaren Lösungen und eindeutigen Identitäten könnte man Ambivalenzen und Widersprüche zulassen, Übergänge und Schwellen erkunden, in Differenzierungen denken.

Den fünf erwähnten Erzählungen stelle ich den folgenden Bericht gegenüber, der von meinem Großvater und seinem Vorgesetzten handelt. Es werden hier nicht zwei Biografien vorgestellt, sondern die Geschichten von zwei Häftlingen erzählt. Beide sind von ihrer Unschuld überzeugt. Der Blickwinkel ist unterschiedlich: Das Porträt meines Großvaters entsteht aus dem Bericht über seine sechs Monate währende Untersuchungshaft. Die wichtigste Quelle dafür waren seine unveröffentlichten Erinnerungen, die ich im oberösterreichischen Landesarchiv entdeckt habe. Über den Kollegen Ewald Simmer wird aus einer anderen Perspektive erzählt: Er, der im Februar 1946 von den Alliierten in Haft genommen und 1948 wieder entlassen wurde, wird anhand der umfangreichen Prozessakten des Linzer Volksgerichts vorgestellt.

In einer Rahmenhandlung tritt noch ein Mädchen namens Martha auf. Es handelt sich dabei um die jüngere Schwester meines Vaters, meine Tante.

1

DER GEFAHR INS AUGE SEHEN

„Wenn Adolf Hitler das wüsste, dass dein Vater ohne Grund eingesperrt ist, der würde ihn sofort freilassen. Soviel ist sicher."

Das sagte Sigrid zu ihrer Freundin Martha. Es war ein klarer Herbsttag des Jahres 1938, die beiden siebzehnjährigen Mädchen standen vor dem Haupteingang des Gymnasiums der Kreuzschwestern, es war kurz nach ein Uhr mittags, Türen flogen auf und zu, die Schülerinnen liefen in alle Richtungen auseinander. Sigrid war überzeugt: „Das würde der Führer doch niemals dulden, dass in seinem Staat so eine Ungerechtigkeit herrscht." Martha hob ihren Kopf und sah hinauf in den wolkenlosen Himmel.

Sigrid versuchte ihrer Freundin Mut zu machen, einen Brief an Adolf Hitler zu schreiben. „Direkt an den Führer, gleich ganz nach oben." Sie solle ihm den Fall berichten und um Freilassung ihres Vaters bitten. „Wenn der Führer das wüsste", wiederholte Sigrid und schüttelte den Kopf, „der würde deinen Vater sofort freilassen!"

Eine schmutziggelbe Straßenbahn fuhr an ihnen vorbei, ein kleines Beben war auf dem Gehsteig zu verspüren. „Danke!", sagte Martha. Dann liefen sie ein paar Schritte nebeneinander her der Innenstadt zu, sie umarmten sich, lachten, und gingen auseinander, Sigrid, die Tasche schwenkend, gemächlich die Stockhofstraße hinunter, ihre Freundin eilte hinauf in die entgegengesetzte Richtung, sie brauchte sechs Minuten bis zu ihrer Haustüre.

2

DIE ERNIEDRIGUNG DES MENSCHEN

Es sei ein Befehl von Oberst Simmer, sagten sie zu meinem Großvater, dass sie ihn „in Schutzhaft nehmen" müssen. „Bis Weiteres
über Sie verfügt ist." Mehr könnten sie nicht sagen.

Es waren zwei junge SS-Männer, die ihn aus seinem Büro hol-
ten. Zu dritt nahmen sie im Vorraum Platz.

Nach einer Pause der Verlegenheit fragten sie ihn, ob er wisse,
warum er verhaftet werde.

„Nein, das weiß ich nicht."

Das geschah am Morgen des 13. März 1938, einem Sonntag.

Ob er vielleicht einen persönlichen Ärger mit Oberst Simmer
gehabt habe, wurde er gefragt. „Er will ja neuer Sicherheitschef
werden. Sagt man." So in dem Ton haben sie mit ihm geredet, der
nun ein Häftling, davor aber über mehrere Jahre einer ihrer Vorgesetzten war. Sollte er diesen Burschen erzählen, wie oft er mit
Simmer im Streit war?

Mein Großvater bot den beiden eine Zigarette an. Zu dritt wurde geraucht. Auf dem Gang war Lärm, ein ständiges Kommen und
Gehen. Er werde sich, so gab er ihnen zu verstehen, nicht wider-
setzen, sie müssten diesbezüglich nichts von ihm befürchten. Die
beiden Männer sahen sich an, lächelten und nickten. Mein Großvater war zuversichtlich, alles würde sich bald aufklären.

Bis zum Abend hielten ihn die beiden SS-Männer im Vorzimmer
seines Büros fest. Begleiteten ihn auf dem Weg zur Toilette. Und
wieder zurück. Brachten ihm mittags zwei Semmeln mit Käse. Die
er bezahlte. Telefonieren durfte er nicht. Oberst Simmer, dessen
Büro sich nur zwei Türen weiter befand, ließ sich nicht blicken.

Aber man konnte ein Telefonat mitanhören. Wie er über seinen Vorgesetzten, Oberst Dr. Spitzer, den er schon am Vortag in Haft gebracht hatte, herzog. Es war ein ziemlich ordinärer Ton, den man von ihm sonst nicht zu hören bekam. Diese „Spitzer-Sau", rief Simmer so laut aus, als ob es alle hören sollten im ganzen Haus, und dass es „eine unglaubliche Schmach für Deutschland" sei, dass der Führer vor dem Linzer Rathaus ausgerechnet ihm, dieser Spitzer-Sau, die Hand gegeben habe.

Am Abend brachte man meinen Großvater mit einem Streifenwagen in das Landesgefängnis. Eine kleine Zelle im zweiten Stock wurde geöffnet, Tisch, Stuhl, Bett, Waschbecken und WC. Es lief ihm kalt über den Rücken, als die eiserne Tür hinter ihm versperrt wurde. Das Klirren des Schlüsselbundes. Er wusste, dass er dieses Geräusch nie mehr vergessen werde. Dann saß er lange auf seiner Pritsche, starrte vor sich hin, zog seine Uniformjacke aus, legte sich aufs Bett, stand wieder auf, zog seine Jacke wieder an, es war kalt. Schlafen konnte er nicht.

Wie war es möglich, so fragte er sich, dass man ihn, einen Offizier der Gendarmerie, so im Handumdrehen einfach verhaften konnte? Ohne Anklage, ohne eine Angabe von Gründen? Hatte er sich nicht in seiner Dienstzeit bemüht, allen Menschen, ohne Unterschied ihres Standes oder ihrer politischen Gesinnung, zu ihren Rechten zu verhelfen? Wenn ihnen ein Unrecht zuteil geworden war. Oder wenn sie in ihren Rechten verletzt worden waren.

Simmer war gefürchtet, eigenmächtige, an den Haaren herbeigezogene Befehle zu erteilen. Einige Male war er mit ihm darüber in Konflikt geraten. Weil Simmer sich auf unkorrekte Weise über die Dienstordnung hinweggesetzt hatte. Mehrere solche Fälle kamen meinem Großvater wieder in Erinnerung. Die Geschichte aus Rainbach bei Schärding, als Simmer einen jungen Gendarmen, der mit gutem Grund auf einen Einbrecher geschossen hatte, fertig machen wollte. Und er meinen Großvater zwingen wollte, über den Tathergang einen verfälschten Bericht zu verfassen. Wozu sich mein Großvater nicht überreden ließ.

Natürlich war auch der Umstand rechtswidrig, dass er durch

Funktionäre einer politischen Partei ins Gefängnis eingeliefert
wurde. Und das ohne Angabe von Gründen.

Tausende Gedanken wirbelten durch seinen Kopf. Mein Großvater hielt seine Situation, er im Gefängnis, aber ohne Anklage, für unwirklich, für unmöglich. Ihn, einen Kollegen aus dem übernächsten Büro, einen Vater von sieben Kindern, so einfach zu verhaften. Das sei keinesfalls haltbar. Er tröstete sich, bald müsste sich alles aufklären.

Andererseits war die Zelle im Landesgericht eine Tatsache. Das Klirren der Schlüssel. Er konnte sich nicht befreien. Aber dann hörte er wieder die andere Stimme. Er redete sich bis spät nachts ein, dass es sich um einen Irrtum handeln müsse. Denen ist, so sagte er sich, eine Verwechslung unterlaufen. Auf diese Weise versuchte er sich Hoffnung zu machen, dass der Fall bald geklärt und er freigelassen werde.

Aber vielleicht könne das dauern. Die kalten Zellenmauern, das fremde harte Bett, das kleine vergitterte Fenster hoch oben im Raum, das war eine Gewissheit, das war sein Gefängnis. Er hörte noch einmal und immer wieder das Klirren der Schlüssel. Das Wort „Schutzhaft" aber konnte seine Gefühle nicht mindern. Das war keine Verwechslung. Es war kein Irrtum möglich. So drehten sich seine Vermutungen im Kreis.

In der ersten Nacht konnte er die Augen kaum schließen. In Gedanken beschäftigte er sich aber nicht nur mit seiner momentanen Lage, nein, er dachte an das Ende des Ersten Weltkriegs, an das Jahr 1918. Auch damals gab es Übergriffe gegen die Gendarmerie. Ihre gesamte Entwaffnung war geplant worden. Mit Hilfe von einigen Kameraden wurden größere Gewalttaten verhindert. Der Arbeiter- und Soldatenrat hatte Major Raffetseder und sechs weitere Gendarmen verhaftet. Gemeinsam mit Oberst Steindl konnte mein Großvater sie nach langen Verhandlungen wieder frei bekommen.

Ja, damals, 1918, war er frei. Damals konnte er handeln. Jetzt aber saß er in Haft. Und das nur wegen Oberst Simmer, seinem unmittelbaren Vorgesetzten. Mein Großvater wusste auch, dass er nicht alleine war, Dr. Spitzer, auch Oberst Pleschinger und Major Dr. Lungenschmid waren ihrer Freiheit beraubt worden. Sollten sie sich vielleicht im gleichen Gebäude, ein paar Zellen weiter, befinden? Vielleicht waren noch weitere seiner Arbeitskollegen inhaftiert worden.

Damals, 1918, da war er frei, er hatte den maßgebenden Funktionären klar machen können, dass alle diese Offiziere und alle anderen Kameraden, die das gleiche Los getroffen hat, Männer des Rechtes und der Pflicht waren. Dass sie auch in einem neuen Staat, im Rahmen der neuen Gesetze ihre Pflicht treu erfüllen würden, bis zum letzten Atemzug. So hieß das in dem Amtseid.

Er legte sich Sätze für seine Verteidigung zurecht, er würde sagen, dass Beschuldigungen, falls diese erhoben würden, sicher nicht auf der Wahrheit beruhen. Diese seien nur aus „persönlicher Gehässigkeit" erhoben worden. Persönliche Gehässigkeit. Das war es. In der ersten Nacht war mein Großvater sicher, dass es ihm gelingen würde, die Herren der NSDAP mit Argumenten zu überzeugen. Man müsste ihnen klar machen, dass er und die anderen Verhafteten keine rechtswidrigen Handlungen begangen haben. Dass sie schuldlos und deshalb umgehend freizulassen seien.

Die Wahrheit würde sich durchsetzen, und auch die NSDAP konnte sich diesen Überlegungen nicht verschließen. Sie alle würden bald wieder freigelassen.

Am nächsten Morgen, es war Montag der 14. März, klopfte mein Großvater gegen seine Tür und sagte zu dem Justizwachebeamten, er solle seinen Vorgesetzten melden, dass man ihn dem Gauleiter vorführe. Er habe dem Gauleiter dringende Mitteilungen zu machen, die für den Gauleiter von hoher Wichtigkeit seien. Der junge Mann grinste, schüttelte den Kopf und ging von dem Fenster in der Tür wieder weg. Mein Großvater wartete den ganzen Tag auf eine Nachricht. War seine Bitte weitergeleitet worden?

Auf ein Blatt aus einem Notizheft schrieb mein Großvater am nächsten Tag an die Frau seines Kollegen Pleschinger einige Zeilen. Sie solle erwirken, dass man ihn als Zeuge vernehme, weil er in der Sache ihres Mannes eine wichtige Aussage machen könne, zur

Entlastung ihres Mannes. Gegen den Major Pleschinger wurde die Beschuldigung erhoben, er habe am 12. März abends in einem Fernschreiben an die Regierungen der USA und Englands das Ersuchen gestellt, sie sollten umgehend eine militärische Offensive starten, um Österreich vor Hitler zu schützen. Diese Behauptung war natürlich unsinnig. Major Pleschinger hatte kein Telegramm dieser Art abgeschickt. Und mein Großvater wurde in dieser Sache auch nicht als Zeuge einvernommen. Erst viel später sollte er erfahren, dass der Brief bei Frau Pleschinger niemals angekommen war.

Mein Großvater saß nun schon mehrere Tage in seiner Zelle. Er hatte nichts zu lesen, durfte keine Zeitung, kein Buch erhalten. Er beobachtete, wie das Licht durch die Gitterstäbe des Fensters fiel, sich die Schatten im Raum verschoben, er hörte von zwei Kirchen die Glocken schlagen, wartete auf die Glockenschläge, zählte die Stunden, aber die Zeit wollte nicht vergehen. Eine Viertelstunde konnte unfassbar lange dauern. Und ein Tag wollte kein Ende nehmen.

Er fühlte sich ausgeschlossen aus der menschlichen Gesellschaft. Konnte keine Verbindung mit anderen Menschen, nicht einmal mit seiner Frau und den Kindern herstellen. Er war ohnmächtig und wehrlos, einsam und verlassen. Wartete darauf, dass man ihm das Essen in die Zelle schob und das Geschirr kurz darauf wieder abholte. Er war eine Nummer geworden, Häftling Nr. sowieso. Nein, vielmehr Häftling Nummer Null. Er war eine Null geworden.

Am 16. März kam SS-Scharführer Mandorfer in die Zelle und teilte meinem Großvater mit, dass seine Angelegenheit bald erledigt sein werde.

„Sie haben es übrigens mir zu verdanken", sagte Mandorfer, „dass Sie nicht im Polizeigefängnis in der Mozartstraße in Haft genommen wurden. Dort werden, vielleicht haben Sie das schon gehört, die Gefangenen oft schwer misshandelt."

Als mein Großvater ihn ungläubig ansah, sagte Mandorfer, ja, körperliche Misshandlungen stünden dort an der Tagesordnung.

„Davor habe ich Sie bewahren wollen. Hier haben sie doch Ihre Ruhe. In dieser Einzelzelle. Nicht wahr?"

Er grüßte mit dem ausgestreckten rechten Arm und sagte dann leise, als ob er sich dafür schämen würde: „Heil Hitler!"

Ein Gedanke quälte meinen Großvater immer wieder: dass seine Familie wegen seiner Verhaftung zu leiden habe. Und dass er sich nicht mit seiner Frau verständigen konnte. Sie durfte ihn, obwohl er mehrfach darum ersucht hatte, nicht besuchen. Wie sollte sie wissen, an welchem Ort, in welchem Gebäude ihr Mann festgehalten wurde? Es gab keine Möglichkeit, ihr eine Nachricht zu senden. Das wurde ihm am ersten Tag von den Justizwachebeamten zu verstehen gegeben. Sie waren immer höflich, man konnte kein unfreundliches Wort von ihnen hören.

Aber was, so fragte sich mein Großvater, werden die Kinder von mir denken? Halten sie es für möglich, dass ich eine strafbare Tat begangen habe? Dass ich deswegen im Gefängnis eingesperrt bin? Wie wird man in der Stadt über mich reden? Was werden Freunde und Bekannte sagen? Ist mein Fall in den Zeitungen dargestellt worden? Hält man mich jetzt für einen Straftäter, der zu recht im Gefängnis sitzt?

Eines Nachts wurde es meinem Großvater klar, dass seine Überlegungen, er könne mit Aussagen vor den NSDAP-Behörden deutlich machen, dass er und die verhafteten Kollegen der Gendarmerie unschuldig in Haft sitzen würden, völlig sinnlos waren. Er war einer völligen Verkennung der Tatsachen aufgesessen. Österreich hat aufgehört zu existieren: Es gibt kein Recht mehr, auf das man sich berufen kann.

Seine Ungeduld ließ sich schwer bezähmen. Was bringt man gegen mich vor? Warum sagt mir niemand, warum ich verhaftet worden bin? Was wird mit mir geschehen, was haben sie mit mir vor? Warum gibt es keine Erklärung von Oberst Simmer? Immer aufs Neue, ungezählte Male stellte er sich diese Fragen. Elf Tage waren vergangen und man hatte ihn noch immer nicht einvernommen. Diese tagelange Ungewissheit, nicht zu wissen, was mit ihm geschehen werde, war für ihn kaum zu ertragen.

Er versuchte, sein „Gewissen zu erforschen". Aber er fand keinen Fall, in dem er jemandem wissentlich Unrecht getan hatte.
Allerdings, er hatte seine Kameraden aufgefordert, bei Rechts-
widrigkeiten die entsprechenden Täter auszuforschen und in Haft
zu überweisen. Aktivitäten der NSDAP, dieser Partei, die in Deutschland so erfolgreich, in Österreich seit Juni 1933 aber verboten war,
mussten verhindert, ihre Mitglieder erkennungsdienstlich behandelt und die Rädelsführer verhaftet werden. Das war seine Pflicht.
Er hatte einen Eid geschworen, dem Gesetz zu folgen. Alle Kameraden, alle Untergebenen hatte er streng aufgefordert, im Dienst
immer höflich zu sein, beleidigendes Vorgehen beim Einschreiten
zu vermeiden, auch nur die kleinsten Misshandlungen von Delin-
quenten unter allen Umständen zu unterlassen.

Am 21. März wurde mein Großvater vom Linzer Polizeipräsidenten Dr. Heinrich Vogl einvernommen. Seine erste Frage war:

„Wissen Sie, warum Sie verhaftet worden sind?"

„Das weiß ich nicht."

„Das sollten Sie aber schon wissen."

„Ich kenne wirklich den Grund nicht."

„Wer hat Sie denn verhaftet?"

„Oberst Simmer."

„Und was hat der zu Ihnen gesagt?"

„Er hat gar nichts zu mir gesagt. Er hat zu dem SS-Mann Brun-
humer gesagt: Nehmen sie den Major in Haft."

„Haben Sie vielleicht einmal einen Nationalsozialisten be-
schimpft, beleidigt oder misshandelt? Oder einen Ihrer Untergebenen ungerechtfertigt gemaßregelt?"

„Nein."

„Sie haben keine Versammlungen der NSDAP aufgelöst, keine
Nationalsozialisten verhaften lassen, sie haben keine Hakenkreuzfahnen heruntergerissen, keine Waffendepots ausfindig gemacht,
keine Hausdurchsuchungen bei Nationalsozialisten angeordnet?"

„Herr Präsident! Die Partei der Nationalsozialisten war, wie
Ihnen bekannt ist, seit dem 19. Juni 1933 in Österreich verboten."

Dr. Vogl schüttelte den Kopf.

„Ich weiß nicht, was mit ihnen geschehen wird", sagte er und ging.

Man brachte meinen Großvater wieder zurück in seine Zelle. Das Klirren der Schlüssel. Er war verzweifelt. Seine Gedanken kreisten wirr umher, er setzte sich, stand auf, ging umher, war aufgeregt, ohnmächtig und wütend. Endlich war es zu der ersehnten Einvernahme gekommen, aber das Resultat? Konnte man das überhaupt ein Resultat nennen? Es hat keine Entscheidung gebracht. Oder sollte man das vielleicht doch als kleinen Hoffnungsschimmer betrachten? Wenn nicht einmal der Polizeipräsident weiß, welche Anschuldigungen vorliegen, da kann es nicht so schlimm stehen. Was bleibt anderes übrig, als weiterhin Geduld aufzubringen.

Am nächsten Tag wurde meinem Großvater erlaubt, einen Brief an seine Frau und seine Kinder zu schreiben. Hatte das mit seiner gestrigen Einvernahme zu tun? Es war nur ein kurzer Brief, auf dem Formular waren lediglich ein paar Linien vorgegeben, es war nur wenig Platz. Und doch war dieses Blatt Papier Anlass für eine große Freude, der Familie endlich schreiben zu dürfen. Jetzt konnte er ihnen sagen, dass er gesund und voller Zuversicht sei, dass er bald zu ihnen heimkehren werde. Und dass sie sich gewiss nicht schämen brauchen, weil er eingesperrt sei. Dass er nichts „Unehrenhaftes" getan habe. Und zum Schluss schrieb er noch: „Ich bin so froh und glücklich, dass du, meine liebe Lini, unsere Kinder beschützt und in deiner Obhut hast."

Was hätte er dafür gegeben, eine Stunde bei seiner Frau und den Kindern sein zu dürfen! Als er den Brief schließlich abgegeben hatte, war sein Glücksgefühl wieder verflogen. Das einsame Leben, das endlose, ziellose Warten in der Zelle setzte sich wieder fort.

Die einzige Verbindung mit der Außenwelt war eine Amsel. Auf dem Dach eines Nachbarhauses wehte eine Hakenkreuzfahne. Es war der Dachgiebel des Landesmuseums. An der Spitze dieses Fahnenmastes, saß früh und abends eine Amsel, die ihre Lieder sang. Ihr zuzusehen machte meinen Großvater für ein paar Augenblicke fröhlich. Es war ein freudiges Gefühl, eine kleine Hoffnung.

Mittags gab es Milchreis, ein Rest wurde aufgespart. Mit dem Löffel streute mein Großvater die Reiskörner durch die Gitterstäbe auf das Fensterbrett. Auch kleine Brotstücke legte er der Amsel hin. Das war nicht leicht, weil sich das Fenster in der Zelle so hoch oben befand. Er freute sich nun täglich über den Gesang der Amsel und wartete bereits auf sie am frühen Morgen.

Aber was war mit den Menschen? Hatten sie ihn alle schon vergessen?

Am 29. März wurde mein Großvater von zwei Polizisten abgeholt und in einen kleinen Hof des Gefängnisses geführt. Man nahm seine Fingerabdrücke ab und fotografierte ihn, von vorne, von links, von rechts. Nach dem österreichischen Gesetz, das war ihm bekannt, durften nur Schwerverbrecher und Personen, bei denen nach ihrem Verhalten ein begründeter Verdacht vorlag, dass sie weiterhin strafbare Handlungen begehen werden, auf diese Weise erfasst werden. War er jetzt also auch in diese Kategorie eingereiht worden? Die Prozedur, die nicht einmal fünfzehn Minuten dauerte, löschte seine Hoffnung aus, dass sich sein Fall bald klären würde.

Weil er zwei Wochen kaum Bewegung machen konnte, die Zelle war nur fünf kurze Schritte lang, hatte er Mühe, die Treppen vom Hof wieder in den zweiten Stock hinaufzusteigen. Seit 1. April durfte er dann, auf sein mehrmaliges Bitten, an dem täglichen Spaziergang der Häftlinge teilnehmen. Zu zweit marschierten die übrigen Gefangenen im Kreis herum, mein Großvater musste aber allein, mit sieben Schritten Abstand, hinter ihnen nachfolgen. Er dürfe, so wurde ihm eingeschärft, mit keinem ein Wort sprechen.

Seit dem 13. März trug mein Großvater immer noch dieselben Kleidungsstücke, dieselbe Unterwäsche, denselben Uniformrock, dieselbe Uniformhose, die Schuhe, die er bei seiner Verhaftung trug. Seine Bitte, wenigstens bei den Rundgängen im Hof eine neutrale Anstaltsjacke tragen zu dürfen, wurde abgeschlagen. Das Grinsen der Häftlinge, dass ein Major gemeinsam mit ihnen an diesem Ort im Kreis gehen musste, war meinem Großvater nicht entgangen. Schließlich gab man ihm doch eine Jacke, aber sie war viel zu klein. Trotzdem war es ein glücklicher Moment, die Uniformjacke endlich ausziehen zu können.

In den folgenden Tagen wurde ihm erlaubt, verschiedene Briefe zu schreiben: an den Polizeipräsidenten, an die Gestapo und an weitere amtliche Stellen. Er bat darum, endlich einvernommen zu werden, er wollte sich endlich rechtfertigen. Aber er bekam auf keinen seiner Briefe eine Antwort. Vielleicht, dachte mein Großvater, haben die Briefe das Landesgericht gar nicht verlassen und sind in einem Mistkübel gelandet?

Bei einer Inspektion der Zelle durch die Gefängnisverwaltung fragte mein Großvater den Beamten: „Hat sich denn von meinen Offizierskameraden noch keiner nach mir erkundigt, wie es mir geht?"

„Nein", sagte er, „es hat sich keiner bei uns gemeldet. Das werden die auch nicht wagen!"

Was hatte das zu bedeuten: „Die werden es nicht wagen"? War das ein Hinweis, dass man seinen Fall doch als gravierend einstuft?

Am 7. Mai, es war sein Geburtstag, hatte mein Großvater erneut eine Schreibbewilligung erhalten. Er versuchte über seine bisherige Tätigkeit als Kommandant einen kleinen Bericht zu verfassen. Den wollte er dem Gericht vorlegen. Schon am frühen Morgen hatte man Bleistift und Papier in die Zelle gebracht. Bis Mittag würde er die Rechtfertigungsschrift verfasst haben.

Am späteren Nachmittag wollte mein Großvater seinen Geburtstag feiern. 19 Uhr, das war die Geburtsstunde, so hatte ihm die Mutter erzählt, das hatte er nicht vergessen. Für diesen Anlass wurden einige Kekse, einige Stücke Würfelzucker aufgespart, sogar ein paar Zigaretten hatte er organisiert.

Gegen Mittag, der Bericht war beinahe fertiggestellt, hörte er auf dem Gang ein wildes Geschrei. Der Lärm näherte sich seiner Zelle, die Tür wurde aufgerissen und ein kräftiger Mann in Zivilkleidung trat in die Zelle, hinter ihm einige Begleiter. Mein Großvater sprang von seinem Sessel empor in die Habt-Acht-Stellung, wollte sich gerade als „Schutzhäftling Renoldner" vorstellen, aber noch bevor er seinen Namen ausgesprochen hatte, fuhr der Frem-

de auf ihn los und schrie: „Wieso kann dieser Kerl hier schreiben?"
Der Kerkermeister versuchte ihn zu beruhigen und erklärte, der
Häftling habe für heute eine Schreibbewilligung bekommen. Es
sei außerdem heute sein Geburtstag. Einer aus dem Gefolge rief:
„Was ist das überhaupt für ein Bericht?"

„Ich versuche eine Rechtfertigung über meine bisherige Tätigkeit als Gendarmerie-Major."

Der Mann in Zivil überflog einige Zeilen, zerriss die Zettel und
warf die Fetzen zu Boden. Dann schrie er meinem Großvater ins
Gesicht: „Was für eine unnötige Belästigung der Behörden!"

Im Spind entdeckte er den Stapel Zuckerwürfel und die Kekse,
auch die Zigaretten, er riss alles herunter, zertrat die Zuckerstücke
und die Zigaretten mit seinem Absatz und brüllte: „Ein Schutzhäftling hat nicht zu rauchen! Sofort weg mit dem ganzen Zeug."

Unter fortgesetztem Geschrei über die unhaltbaren Zustände
im Landesgericht verließ er die Zelle wieder. Die Begleiter, es waren Beamte des Landesgerichts, folgten ihm mit gesenktem Haupt,
aber doch stramm und gehorsam. Das Klirren der Schlüssel.

In der Nacht, er konnte wieder lange nicht einschlafen, fragte
sich mein Großvater, ob sich aus dem Verhalten dieses Mannes
schließen lasse, dass es schlecht um ihn stehe. Oder habe er nur
die üble Laune eines grobschlächtigen Kerls erlebt? Die nichts
weiter bedeute? Hat der vielleicht Einfluss auf die zukünftige Behandlung? Von diesen Gedanken wurden die letzten Stunden der
seit Tagen mit Freude erwarteten Geburtstagsfeier verschüttet.

Ab dem nächsten Tag galt für meinen Großvater eine zusätzliche
Haftverschärfung. Er wurde nun zu Putzdiensten eingeteilt. Mit Jiři,
einem böhmischen Häftling, einem Gelegenheitsdieb und Land-
streicher aus Budweis, wurde er zum Reinigen von Zellen eingeteilt.

„In drei Tagen werde ich freikommen", erzählte Jiři und steckte meinem Großvater fünf Zigaretten zu.

„Ich bin ein vorbestrafter Mensch, aber nehmen Sie die Zigaretten nur. Sie erbarmen mir so, weil Sie unschuldig in Haft sind
und strenger gehalten werden als wir, die wir aus eigener Schuld
bestraft wurden."

„Ich habe strengstes Rauchverbot", erklärte mein Großvater und gab die Zigaretten wieder zurück. Jiři, den würde er nie vergessen. Zuletzt verabschiedeten sie sich mit einem festen Händedruck und einigen guten Wünschen. Mein Großvater wünschte ihm, dass er ein ordentliches Arbeitsverhältnis finden würde, Ruhe, Zufriedenheit und Wohlbefinden, sodass er nicht wieder zum Dieb werden müsse. Dieser lachte und drückte ihm die Hand ein zweites Mal. Nach drei Tagen wurde Jiři entlassen.

Das war sonderbar: Ein verurteilter Dieb, mehrfach vorbestraft, hat Mitleid, erbarmt sich, bietet Zigaretten an, im Arrest die hochwertigste Währung, und dazu gleich fünf Stück. Und der kommt frei. Aber ein Vorgesetzter, der Kollege im Dienst, lässt mich verhaften und liefert mich an die SS aus. Und der Offiziersvertreter, der für seine Kameraden zuständig und verantwortlich ist, er antwortet nicht auf das Schreiben. Die übrigen Arbeitskollegen von früher wagen es nicht zu fragen, wie es mir geht. Für die bin ich offenbar schon erledigt. Sie kennen mich nicht mehr, sie wollen mit so einem wie mir nichts mehr zu tun haben. Wie sollte man da schlafen können?

Doch einer machte eine Ausnahme. Der Abteilungssekretär und Schreiber Berthold Kronawittleitner. Er fand einen Vorwand, um meinen Großvater im Arrest zu besuchen. „In großer Not wiegen hundert Freunde nur ein Lot", das war einer der Lieblingssprüche seines Vaters, so erinnerte sich mein Großvater.

Er musste bald erkennen, dass die wiederholten Schreiben an die Gestapo, an den ehemaligen Sicherheitsdirektor von Oberösterreich und andere Stellen, um eine Einvernahme zu erwirken, um endlich eine Entscheidung herbeizuführen, umsonst waren. Keiner antwortete auf seine Briefe.

Der Präsident des Landesgerichtes, mit dem mein Großvater bekannt war, kam einmal im Monat in den Zellentrakt, zum Inspizieren. Es war schon im Mai, als mein Großvater ihn gebeten hatte, etwas in seiner Sache zu unternehmen, dass man ihn wenigstens anhöre. Als er ein Monat später, im Juni, wiederkam, sagte er, er habe keine Ahnung, warum ihn Simmer habe verhaften lassen. Aber man habe ihm gesagt, man denke noch nicht daran, ihn freizulassen. Er vergaß ihn zu fragen, wer mit „man" gemeint sei.

Am 6. Juli schrieb mein Großvater ein weiteres Mal an den Untersuchungsrichter, bat erneut um Einvernahme und um Freilassung. Er wusste nicht, welche Instanz in diesem neuen Staat für ihn zuständig war und wer über ihn das „Verfügungsrecht" hatte.

Ein paar Tage darauf, beim Hofspaziergang, kam ein Justizbeamter auf meinen Großvater zu und teilte ihm mit, er werde nun von der Gestapo einvernommen werden. In einem kleinen Raum, im Keller, standen die ehemaligen Kameraden Schafflreiter und Pflegerl, deren Vorgesetzter mein Großvater einige Jahre gewesen war. Er hatte die berufliche Laufbahn der jungen Burschen maßgeblich befördert, nun standen sie ihm als Beamte der Gestapo gegenüber. Sie lächelten verlegen, entschuldigten sich und erklärten, dass sie von seinem Aufenthalt im Gefängnis keine Kenntnis hatten. Dann erzählten sie die Geschichte von den Hakenkreuzfahnen, die am 11. März 1938 um 17 Uhr beim Hotel „Goldener Löwe" gehisst und dann nach 19 Uhr auf Befehl meines Großvaters wieder entfernt worden seien.

„Du hast gesagt, man müsse sich diese Leute merken. Die Leute, die die Hakenkreuzfahnen gehisst haben", berichtete Pflegerl.

„Ja", sagte mein Großvater, „das stimmt. Ich war bei dem Wirbel dabei, am Freitag, beim ‚Goldenen Löwen'. Der Satz, dass man sich diejenigen merken müsse, die die Hakenkreuzfahnen aufhängen, ja, den habe ich gesagt."

„Sonst liegen keine Anschuldigungen gegen dich vor", sagte Schafflreiter. „Wir sind jetzt Beamte bei der Gestapo, du verstehst das. Aber wir haben nicht vergessen, dass wir dich kennen, von früher."

„Ich war euer Vorgesetzter. Ich habe immer versucht, ein korrekter Beamter zu sein. Und? Was denkt ihr? Warum bin ich in Haft?"

„Wir haben erst jetzt die Akten gesehen", sagte Schafflreiter.

„Wir werden das rasch erledigen. Und weil ja sonst nichts vorliegt gegen dich, wirst du sicher bald in Freiheit gesetzt werden."

Am nächsten Tag kam Pflegerl erneut ins Landesgefängnis und brachte meinen Großvater mit einem Wagen in die Gestapo-Zentrale ins Kolpinghaus. Dort wurde ein Protokoll über die gestrige Aussage angefertigt, mit Unterschrift. Schafflreiter kam dann auch dazu und schenkte meinem Großvater ein Wurstbrot und drei Zigaretten. Das war eine große Freude. Jetzt war klar, dass sich das Blatt wenden, dass er bald zu seiner Familie heimkommen würde.

Als mein Großvater aus der Gestapo-Zentrale auf die Langgasse hinaustrat, fragte er die beiden, ob er auch eine Sprecherlaubnis für seine Frau bekommen könne. „Bin ich in den Augen des Gerichts so ein schwerer Verbrecher, dass man mir verbietet, mit meiner Frau zu sprechen?"

Die beiden waren verwundert. „Wie kannst du nur so etwas fragen?"

„Ich bin seit 13. März 1938 in Haft. Alle meine Ansuchen, dass ich eine Sprecherlaubnis für meine Frau erhalte, sind abgewiesen worden."

„Ich garantiere dir", sagte Schafflreiter, „dass ich noch heute einen Besuch deiner Frau im Gefängnis veranlassen werde." Sie schenkten ihm ein paar Orangen und nochmals Zigaretten.

Tatsächlich konnte mein Großvater am 17. Juli 1938, zum ersten Mal nach vier Monaten, seine Frau wieder sehen. Als er in das Zimmer trat und ihm seine Frau Lini gegenüberstand, überkam ihn ein unerwartetes Glücksgefühl, dass er vor Aufregung nicht sprechen konnte und nur herumstammelte, als habe er die Sprache verloren. In dem Besuchszimmer stand ein großer Tisch zwischen ihnen, darüber konnten sie sich die Hände reichen. Der Gefängniswärter blieb in nächster Nähe stehen, hörte das Gespräch mit an und behielt die beiden mit steinerner Miene im Auge.

Zuerst waren es förmliche Fragen, was man eben so bespricht, wenn man sich lange nicht gesehen hat und einer daneben steht, den das alles nichts angeht: Wie es den Kindern gehe, ob sie genug Geld habe zum Einkaufen, ob in der Wohnung alles in Ordnung sei, ob sie alle gesund seien, dass sie und die Kinder nicht traurig sein sollten, weil es sich ja bald klären müsse, was man mit ihm vorhabe, dass er gesund sei, sie sich keine Sorgen machen sollten und so weiter. Als sie endlich einen ruhigeren Ton gefunden hatten und zu den wichtigeren Dingen gekommen waren, was jetzt zu tun sei, um die Entlassung zu erwirken, erklärte der Aufseher, die zehn Minuten seien vorbei. Mein Großvater beugte sich vor und wollte seiner Frau über den Tisch noch einen Kuss geben, doch der Wärter hielt ihn zurück und führte ihn in seine Zelle.

Trotzdem: es war ein glückliches Gefühl, alles würde leichter werden, er hatte seine Frau wieder gesehen, und auch wenn er nur kurz mit ihr sprechen konnte, so steigerte sich die Sehnsucht nach der Familie und nach der Freiheit, und das gab ihm neuen Mut. Es war also doch Bewegung in die Sache gekommen.

An einem Tag in der darauffolgenden Woche erschien der SA-Hauptsturmführer Schindlecker, der im Landesgericht für die NSDAP eine wichtige Rolle spielte, in der Zelle. Mein Großvater befürchtete das Schlimmste.

„Ich dachte, Sie hätten vor dem Anschluss einige Nationalsozialisten schwer misshandelt, und deswegen sind Sie hier. Durch Ihre Einvernahme bei der Gestapo habe ich jetzt erfahren, dass gegen Sie gar nichts vorliegt. Wir haben ja auch schon seit langem Ihre Briefe und die Post ihrer Gattin mitgelesen. Ich kenne Ihre Familienverhältnisse jetzt sehr genau. Sie tun mir aufrichtig leid. Ich habe Ihre Angelegenheit bei der gestrigen Konferenz des politischen Landesausschusses der NSDAP vorgetragen. Ich kann ihnen mitteilen, dass Sie in nächster Zeit frei gehen werden."

Er werde sich auch dafür einsetzen, sagte Schindlecker, dass er wenigstens einen ausreichenden Anteil seiner Pension ausbezahlt bekomme, damit der Unterhalt für die Familie gesichert sei. Mein Großvater bedankte sich für seinen Einsatz. Schindlecker wollte schon gehen, dann drehte er sich noch einmal um und sagte in einem vertraulichen Ton:

„Eines versteh ich ja wirklich nicht, Herr Major. Es konnte Ihnen doch nicht verborgen bleiben, dass der Nationalsozialismus auch in Österreich unaufhaltsam auf dem Vormarsch war. Sie haben doch gewusst, dass Oberst Simmer und einige Ihrer Kollegen, und zwar lange vor dem 13. März, zu unserer Bewegung gefunden hatten. Das haben Sie doch gesehen?"

Er sah meinen Großvater aufmunternd an. Dieser zögerte und überlegte, ob es richtig sei, darauf zu antworten, nach einer kurzen Bedenkzeit sagte er:

„Ich habe in der Monarchie, als Soldat im Krieg, dem Kaiser meine Treue geschworen, bis er uns von dem Eid entbunden hat. In der Republik, die meiner Auffassung von einem neuen Österreich keinesfalls entsprochen hat, bin ich nicht auf die revolutionäre Seite gewechselt. Ich ließ mich im Dienst der Gendarmerie angeloben und war bemüht, nach bestem Wissen und Gewissen die Einhaltung der Gesetze zu gewährleisten. Im Frühjahr 1934 wurde ich erneut angelobt, und wieder war ich bemüht, meine Treue zu halten dem neuen Bundesstaat Österreich. Bereits 1933 war die NSDAP als Partei in Österreich verboten. Ich habe mich bemüht, meinen Dienst nach Recht und Gesetz objektiv und unparteiisch …"

Schindlecker wurde unruhig und winkte ab. Aber mein Großvater war noch nicht ans Ende gekommen:

„Der nationalsozialistische Staat hat mich nicht gefragt, ob ich seine Gesetze ebenso pflichtbewusst befolgen würde. Er hat mich verhaften lassen."

Eine Stille entstand. Schindlecker war nervös und starrte auf den Boden. Dann sagte mein Großvater:

„Aktivitäten für eine den Bestand des Staates gefährdende Bewegung zu befördern bedeutet: schwerster Bruch des Diensteides. Das ist gleichzusetzen mit Hochverrat. Dieser unerschütterliche Grundsatz ist nicht zuletzt auch eine Ehrensache. Was immer ich auch gegen die Nationalsozialisten in Oberösterreich getan habe, es lag im Rahmen meiner eidlich gelobten Dienstpflicht.

Gewiss würden auch Sie, Herr Hauptsturmführer, keinem ihrer

untergebenen SA-Leute gestatten, die Verbindung zu einer Bewegung zu suchen, die der NSDAP feindlich gesinnt ist."

Mein Großvater fügte noch hinzu, dass es sich bei dem Streit mit Simmer im Grunde nur um eine persönliche Gehässigkeit handele, um nichts sonst. Schindlecker sagte, auch er und viele seiner Parteigenossen hätten von Simmer keine gute Meinung. Das könne der Herr Major ruhig wissen. Zwar habe Simmer der NSDAP nach Berlin und München, lange vor der Machtergreifung, über mehrere Jahre hinweg viele geheime Berichte aus Österreich geliefert. Das wird ihm jetzt noch einige Zeit gut angerechnet. Aber, so sagte Schindlecker, dieser Simmer sei „ein ganz übler Karrierist", und das werde ihm „eines Tages das Genick brechen." So sei auch sein Antrag, der SS beizutreten, von höchster Stelle, nämlich direkt aus Berlin, aus eben diesem Grund abgelehnt worden.

„Wenn ich jetzt auch aus der menschlichen Gesellschaft ausgeschlossen bin", sagte mein Großvater, „und im Moment nur ein wehrloser Häftling, eine Null bin, so wird es doch nicht lange dauern, und dann werden Sie mehr Achtung vor mir haben als vor Oberst Simmer."

Schindlecker sah ihm in die Augen und nickte. Dann verabschiedete er sich und sagte beim Verlassen der Zelle: „Sie werden bald frei sein!"

Mein Großvater konnte an diesem Abend lange nicht einschlafen, so sehr hatte ihn dieses Gespräch aufgewühlt. Es war ein Gemisch aus Aufregung und neuer Hoffnung, jetzt musste er also nur noch ein klein wenig Geduld aufbringen.

Einige Tage später wurde er erneut abgeholt und in die Gestapo-Zentrale in das Kolping-Haus gebracht. Schafflreiter und Pflegerl teilten mit, dass sie einen Bericht an den Reichskommissar Falk nach Wien geschickt hätten und die Gestapo in Linz in den nächsten Tagen die Ermächtigung zu seiner Freilassung erwarte. Die beiden schenkten ihm wieder Zigaretten und Obst, anschließend wurde er in seine Zelle zurückgebracht.

Obwohl mein Großvater fünf Monate allein in der Zelle, somit völlig isoliert war, konnten doch die schlimmsten Nachrichten bis zu ihm gelangen. Es war zu erfahren, dass mehrere Gendarmerie-Offiziere im Keller der Polizeidirektion auf grausame Weise zu Tode gequält wurden, dass man auch Schutzhäftlinge körperlich schwer misshandelte. Immer wieder tauchte daher der Gedanke auf, dass auch ihm ein ähnliches Los beschieden sein könnte. Obwohl er versucht war, seinen Glauben an eine baldige Beendigung der Haftzeit aufrecht zu halten, drückten ihn Ängste, ja oft auch tiefe Verzweiflung nieder.

Vielleicht war eine Woche vergangen, als mein Großvater vom Rundgang im Gefängnishof erneut abgeholt wurde. In einem Zimmer warteten Hauptsturmführer Schindlecker und die beiden Männer der Gestapo. Was zu seiner Entlassung jetzt noch fehle, sagte Schindlecker, sei ein Bittbrief an Oberst Simmer. Es wurde Papier und Bleistift gebracht, und mein Großvater schrieb einen Brief. Dass ihm bekannt gemacht wurde, dass seine Freilassung nur mehr von der Stellungnahme des Oberst Simmer abhängig sei, und dass er ihn im Namen seiner Familie und seiner Kinder bitte, die Freilassung zu unterstützen. Freudig steckte er den Zettel in das Kuvert, und Pflegerl versprach, den Brief Oberst Simmer persönlich zu übergeben.

Die schlimmste Herausforderung kam zwei Tage später. Ein unbekannter Mann in Zivil betrat mittags die Zelle. Man hätte, sagte der Fremde, „da oben" gut verstanden, welch große Sorgen mein Großvater sich um Frau und Kinder und um die Zukunft seiner Familie mache. Man habe ja schon seit längerem alle Briefe, die er geschrieben habe, gelesen, und alle seien sehr berührt, wie innig mein Großvater seine Familie liebe.

„Nach dieser Lektüre ist uns einiges klar geworden über Sie. Machen Sie sich bloß keine Gedanken darüber, dass im Dritten Reich alle gefühllos sind. Das Gegenteil ist der Fall." Es war ein sächsischer Akzent, mit dem der Herr in Zivil sprach. Das klang nicht unsympathisch.

„Wenn man an die Zukunft Ihrer Familie denkt", sagte der Fremde, „so gebe es verschiedene Möglichkeiten. Dass sie in dem

neuen Deutschland gut vorankomme. Dass sie alle vollends glücklich werden. Und da möchte ich Sie auf eine Möglichkeit hinweisen. Und deswegen also heute mein persönlicher Besuch. Deswegen bin ich jetzt hier, in Ihrer Zelle."

Bekanntlich, so fuhr er fort, seien die juristischen Dinge keineswegs geklärt. Alles brauche schließlich seine Zeit. Aber man
dürfe den Zeitpunkt nicht verpassen. Mein Großvater könne jetzt
schon an eine künftige Versorgung der Familie denken, eine Re-
gelung, die für alle Zeiten Gültigkeit habe. „Denn", sagte er, „es
ist im Moment noch überhaupt nicht zu erkennen, wohin sich
das Blatt in Ihrem Falle wenden wird."

Wenn mein Großvater sicher gehen möchte, dass für die Familie, für die Ausbildung der Kinder, für Schule, Studium, akade-
mischen Abschluss, staatliche Anstellung und so weiter, dass also
alles in bester Weise geregelt würde, dann gäbe es einen Schritt,
dies der Familie zu garantieren. Und über diesen besonderen
Schritt solle er nachdenken. „Ich persönlich garantiere Ihnen heute an Eides statt, dass man im Falle Ihres unerwarteten Todes Ihrer
Gattin eine großzügige Witwenpension ohne jegliche Abzüge zukommen lassen wird. Und für Ihre Kinder wird, wie gesagt, ebenfalls auf das Verlässlichste gesorgt werden. Auf das Allerbeste."
Dann nahm er aus seiner Ledertasche eine Pistole und legte sie
auf das Bett.

„Wenn Sie Ihre Familie", sagte der Mann aus Sachsen, „so sehr
lieben, dann sollten Sie jetzt noch einmal in Ruhe Ihr Gewissen
erforschen. Überlegen Sie, wie die nächsten Jahre für Ihre Familie
aussehen, auf welche Weise Sie am besten für sie sorgen könnten."
Denn: Es sei keineswegs geklärt, was für ein Schicksal im neuen
Reich für ihn bestimmt sei. Es gebe leider, das müsse er ihm sagen,
auch Kräfte, die nicht für ihn sprechen würden. Das täte ihm
natürlich sehr leid. Er nickte meinem Großvater aufmunternd zu,
nahm die Pistole wieder zu sich, drückte ihm kräftig die Hand,
gab an der Tür ein Klopfzeichen, die Tür wurde geöffnet, und der
Mann verschwand.

Die ganze Nacht lag mein Großvater wach. Jetzt wurde die

Sorge um die Familie übergroß. Wie viel hatte sie bis jetzt zu er-
leiden, sagte er sich, weil ich in Haft bin? Wie wird es ihr erst
ergehen, wenn ich auf ähnliche Weise wie manche meiner Kameraden mein Leben hingeben muss? Oder, wenn ich ohne Pension
entlassen werde? Und ich sie nicht mehr ernähren kann?

Die Empfehlung des unbekannten Herrn war klar: Wenn er
vor der Entlassung sterben würde, dann würden Lini und die Kinder einen gesetzlichen Anspruch auf die Witwen- und Waisen-
pension haben. Damit würde sie für sich und für die Familie, für
die allernotwendigsten Bedürfnisse das Auslangen finden. Ver-
hungern müssten sie dann nicht mehr. Vielleicht, sagte sich mein
Großvater, wäre mein Tod materiell die günstigste Lösung für
meine Familie.

Er sah wieder die Pistole, die vorhin auf seinem Bett lag, eine
Walther 66. Mein Großvater erwägte stundenlang das Für und
Wider. Aber waren solche Gedanken nicht ein Mangel an Gottver-
trauen? Woher kamen diese wirren Sorgen?

Jetzt erinnerte er sich, dass er am 13. März, es war ein Sonntag,
auf dem Weg ins Büro zur Morgenmesse im Dom war. Und nun
fing er in seiner Zelle an zu beten. Herr, mein Vertrauen zu den
Menschen ist erschüttert, hilf mir, dass ich das Vertrauen zu Dir
nicht verliere. Die ganze Nacht rief er Gott als Zeugen seiner Not
an, betete, bis er einschlief. Am nächsten Tag krochen die Gedanken vom Sterben wieder in ihm hoch und quälten ihn. Er wollte
dieses Grübeln abschütteln, doch es stellte sich immer wieder ein.
Es kam häufiger und wurde immer konkreter.

Wenn er die Familie wirklich liebe, sagte er sich, dann müsste
ich doch für sie auch ein Opfer bringen, dann dürfe er nicht feige
sein. Warum sollte er nicht sein Leben opfern für seine so sehr
bedrängte Frau? Warum sollte er nicht den Tod suchen, damit die
Familie leben könne? Gott würde diese schwere Sünde, sich selber
zu töten, als Opfer anerkennen und ihm die unselige Tat verzeihen.

Am frühen Morgen fantasierte er, überlegte, ob ihm diese be-
drohlichen Gedanken jemand zuflüstere. Die Verwirrung quälte

ihn, er sprang erregt auf und rannte in der Zelle die fünf Schritte hin und fünf Schritte her, hin und her, und dann sagte er sich mit entschlossenem Willen – oder war es eine Stimme seines aufgerüttelten Gewissens, die das sagte:

„Nein, das ist nicht wahr, dass Gott sich einen solchen Schritt wünschen kann. Es ist doch ganz anders, mit meinem Tod würde ich meiner Familie den größten Schmerz zufügen. Solange sie leben, würden sie die Schande, die ich ihnen angetan hätte, nicht überwinden. Den Schmerz, den Kummer."

Du willst, sagte er sich, für die Kinder sorgen, damit sie nicht verarmen. Hast du nicht selbst Familien gekannt, die in der denkbar größten Armut gelebt haben, und Eltern und Kinder trotzdem lebensfroh waren?

Jetzt erkannte er seinen Irrtum. Nein, er würde sich nicht gegen Gottes Willen auflehnen. „Herr, dein Wille geschehe!", sagte er laut in seiner Zelle, und er wiederholte es mehrere Male. Auf diese Weise konnte er die zerstörerischen Gedanken wieder vertreiben. Lieber wollte er alles Leid, das ihm künftig auferlegt werde, ohne Widerwillen auf sich nehmen.

Er war erleichtert, dass er sich von seiner „unwürdigen Grübelei" befreit hatte. Und die schlimmen Tagträume, die flüchtigen, kleinen Selbstmordfantasien, dass bei einem Gewitter ein Blitz in die Zelle fahren und ihn aus seiner trostlosen Lage befreien sollte, die stellten sich nun nicht mehr ein.

Am 18. November brachte man meinen Großvater mit schmerzhaften Darmkrämpfen und Fieber in das Inquisitenspital. Im Krankenzimmer lagen acht Häftlinge. Es war für ihn eine Erleichterung, endlich mit Menschen reden zu können. Andererseits war aber die Zelle, in der man den Gedanken ungestört nachhängen konnte, auch ein Schutz. Und mein Großvater vermisste seine Amsel.

Eine strenge Diät wurde verordnet, man schleppte ihn zu allen möglichen Untersuchungen, das war mühsam, aber endlich wieder in einem richtigen Bett liegen zu können, war ein enormer Gewinn.

Im Krankenhaus konnte er seine Frau wieder sehen, er hatte

nach vier Monaten eine zweite Sprecherlaubnis erhalten. Seine Frau erzählte, sie habe mit ihrer Tochter Martha bei Oberst Simmer vorgesprochen, um seine Freilassung zu erbitten. Aber sie sei von ihm nur schroff abgewiesen worden. Also stehen, dachte mein Großvater, für eine Freilassung doch neue Hindernisse im Weg? Alle Auskünfte, die er in den letzten Wochen erhalten hatte, bestätigten immer wieder: Es war Oberst Simmer, der seine Entlassung mit allen Mitteln verhinderte. Seine Hoffnung, bald nach Hause zurückkehren zu können, erlosch aufs Neue.

Auch Hauptsturmführer Schindlecker kam ihn im Krankenhaus besuchen. Er sagte, er hoffe, den Widerstand von Oberst Simmer endlich zu überwinden. Und dann werde er heimgehen können. Einen Monat später, Mitte August, besuchte ihn seine Frau ein drittes Mal. Als ihr mein Großvater seine Ängste beschrieb, dass man ihn vielleicht in ein Konzentrationslager bringen könnte, versuchte sie ihn zu beruhigen. Er solle, dürfe, ihr zuliebe, solchen Grübeleien nicht nachhängen. Sie sei gestern persönlich bei Gauleiter Eigruber gewesen. Und der habe sie beruhigt und ihr gesagt, dass sie nun nichts mehr unternehmen solle, der Fall werde in kürzester Zeit erledigt. So entstand wieder eine neue Hoffnung, dass er bald entlassen werde.

Nach der Morgenvisite am nächsten Tag sagte der Arzt zu meinem Großvater, dass er noch zwei bis drei Tage im Krankenhaus bleiben werde, bis zu seiner endgültigen Gesundung. Mittags um 12 Uhr kam aber ein Aufseher des Krankenhauses und teilte meinem Großvater mit, er sei jetzt gesund und er solle mit ihm kommen, alle Dinge zusammenpacken, sofort. Kurze Zeit später fand er sich wieder in seiner Zelle. Was war geschehen? Er war in einem unbeschreiblichen Zustand, sein Kopf schmerzte, er hatte Herzklopfen. Fünf Minuten lang sah er sich schon frei aus dem Gefängnis gehen, zehn Minuten später sah er sich im Konzentrationslager. So ging das hin und her bis zum Abend, und er geriet immer mehr in Panik.

Dann aber kam jemand an die Tür. Sie wurde nicht geöffnet, nur ein Auge erschien im Guckloch und eine Stimme flüsterte:

„Am Montag werden Sie freigelassen!" Ehe mein Großvater fragen konnte, wer er sei, woher er die Nachricht habe, hatten sich die Schritte schon wieder entfernt. War ihm diese Person gut gesinnt, um das nahe Ende der Haft anzukündigen? Oder wollte ihn jemand neuen Qualen und Enttäuschungen aussetzen?

Mein Großvater klammerte sich an die freudige Nachricht, er versuchte sich in schönsten Gedanken die Wiederbegegnung mit seiner Frau vorzustellen, die Gespräche mit den Kindern, und das in allen Einzelheiten. Was würde er den Kindern zur Begrüßung sagen? Was würden sie als erstes erzählen? Was wird zur Feier der Heimkehr gegessen? Vielleicht in den nächsten Tagen eine Aufführung im Theater besuchen, eine Operette? Welche Stücke stehen gerade auf dem Programm des Theaters? Oder sollten sie zur Erholung aufs Land fahren? Zu den Geschwistern ins Innviertel? Eine Wanderung auf den Traunstein? Den Großen Priel, den Dachstein besteigen? Er erinnerte sich an die gemeinsamen Wanderungen, an das Schwimmen im Traunsee, im Altausseer See. Aber würden seine körperlichen Kräfte dafür ausreichen? Wohl kaum. Vielleicht würde er es nur bis zur Mair-Alm schaffen, und nicht hinauf bis zum Gipfel und zum Traunstein-Kreuz. Besser vielleicht eine Schifffahrt über den Traunsee, um den Traunstein von unten zu bewundern?

Aber dann stiegen die Sorgen wieder in ihm auf. Wie könnte er für den Unterhalt der Familie sorgen? Würde man ihn fristlos entlassen? Wo würde er eine Arbeitsstelle finden? Woher sollte er Geld beschaffen? Hunderte frohe und hunderte bange Fragen wechselten einander ab. Er versuchte, sich zu beruhigen, zu trösten, und er sagte sich mehrmals, wenn er erst wieder frei und bei seiner Familie sein werde, dann werde alles, alles gut werden.

Am nächsten Tag, einem Sonntag, erlaubte man meinem Großvater am Gottesdienst für die Gefangenen teilzunehmen. Er betete und dankte Gott, dass er ihm die schwere Entscheidung abgenommen hatte. Und dafür, dass er nun in kurzer Zeit wieder in Freiheit sein werde. Den Tag über verbrachte er wieder mit Fantasien, wie er mit seiner Familie die nächsten Tage und Wochen zubringen werde, es war August, die Kinder hatten Ferien, das Theater war noch geschlossen, also vielleicht doch eine Schiffsreise über einen der Seen? Mit dem alten Raddampfer „Gisela" von Gmunden nach Traunkirchen? Oder eine Tour auf die Trisselwand?

Am Montag, schon in aller Frühe, hatte mein Großvater seine Habseligkeiten geordnet, er wartete von Minute zu Minute auf seine Freilassung, endlich hörte er Schritte auf die Zelle zukommen. Die Tür öffnete sich. Jetzt durfte er in die Freiheit. Der Justizbeamte besah sich die Zelle, ob alles in Ordnung sei, entdeckte noch ein Stück Brot vom Frühstück, das am Tisch lag.

„Nehmen sie sich das Brot nicht mit?", fragte er meinen Großvater.

„Ich werde mir das Brot doch nicht mitnehmen. Bei mir Zuhause gibt es sicher genug Brot."

„Vielleicht werden Sie nur verlegt."

Seine Hoffnung kam ins Wanken. Ist es denn möglich? Ich werde noch verrückt!

Im Sträflingsgewand wurde er vom Landesgericht zur Polizei in die Mozartstraße eskortiert. Auf beiden Händen musste er alle seine Sachen, die Uniform, die Wäsche vor sich hertragen. Er schämte sich vor den vorbeikommenden Passanten, die stehen blieben und die sonderbare Prozession beobachteten.

In der Polizeidirektion brachte man ihn wieder in eine Einzelzelle. Warum sollte er hier aufs Neue inhaftiert werden? Das konnte ihm keiner erklären. Allerdings wusste er, dass die für das Konzentrationslager Dachau bestimmten Häftlinge bei der Polizei gesammelt wurden. Aber wurden hierher nicht auch die zur Entlassung bestimmten Gefangenen vor ihrer Freilassung noch einmal zu einer amtsärztlichen Untersuchung gebracht? Die Hoffnung, an diesem Tag noch freizukommen, stürzte in sich zusammen.

Abends brachte man einen Mann aus Eferding zu ihm in die Zelle. Der wusste zu berichten, dass an diesem Tag viele Schutzhäftlinge in die Freiheit entlassen wurden. Mein Großvater überließ ihm die Pritsche im Raum und legte sich auf eine Decke am

Boden. Um 2 Uhr früh waren Schritte am Gang zu hören. Dann steckte der Schlüssel im Schloss. Mein Großvater war schon aufgestanden, als die Tür geöffnet wurde. Eine dunkle Gestalt mit einer Taschenlampe stand vor der Tür. Man konnte seine Frage gut verstehen:

„Sind Sie der Renoldner?"

„Ja. Und? Geht es jetzt nach Dachau?"

„Ja."

3

ES SOLL AUFWÄRTS GEHEN

„Wenn Adolf Hitler das wüsste, dass dein Vater ohne Grund im Konzentrationslager ist, würde er ihn sofort freilassen." Martha und ihre Freundin Sigrid standen vor der Schule. Und Sigrid wiederholte noch einmal: „Direkt an den Führer!"

Von einem Gespräch, das man eigentlich kein Gespräch nennen konnte, hatte Martha ihrer besten Freundin Sigrid nichts erzählt. Dass sie mit ihrer Mutter in der Dienststelle des Vaters gewesen war, dass ihre Mutter den neuen Gendarmeriekommandanten angefleht hatte, ihren Mann freizulassen. Dass der aber nur gesagt hatte, sie sollen verschwinden. Er könne da nichts tun, ihr Mann habe sich das alles selbst zuzuschreiben. Damit war die Unterredung beendet. Martha erinnerte sich an den Blick des Sekretärs, eines jungen Burschen, der verlegen seine Hände vom Tisch hob, und sie wieder sinken ließ. Und sich dann wieder seinen Papieren zuwandte. Dann schlug er heftig in die Tastatur einer schweren Schreibmaschine.

Sigrid stammte aus einer Familie, die im März 1938 mit Begeisterung das Verschwinden Österreichs bejubelte. Die Überzeugung der Eltern, dass es mit Österreich, das heißt: mit Deutschland, aufwärts gehen werde, diesen Optimismus teilte auch ihre Tochter Sigrid, die sich beim Bund deutscher Mädchen hervortat und in der Schule durch großen Eifer auffiel.

Und daher konnte sie sich, wie sie ihrer Freundin versicherte, nicht vorstellen, dass in diesem neuen Reich, dessen stolze Bürgerin sie gerade geworden war, ein anständiger Familienvater, der nichts als seine Pflicht tut, aufgrund einer „Vernaderung" durch einen Kollegen so mir nichts dir nichts in ein Lager gebracht werden könne.

Ende September des Jahres 1938 fasste Martha den Entschluss. Am Morgen zog sie ihr schönstes Dirndlkleid an, und ohne jemanden von der Familie oder den Klassenkolleginnen in ihren Plan einzuweihen, verließ sie mit dem Hinweis auf einen Arztbesuch die Schule nach der zweiten Stunde. Am Linzer Hauptbahnhof stieg sie in einen Zug, der sie nach Salzburg brachte. In Salzburg musste sie eine Stunde warten, dann fuhr sie weiter mit der „Grünen Elektrischen" nach Berchtesgaden. Hier wimmelte es nur so von Soldaten der deutschen Wehrmacht. Vergeblich hielt sie Ausschau nach einem Bus, der sie zu der Baustelle der neuen Kasernen auf den Obersalzberg bringen könnte. Sie hatte in der Zeitung über die Bautätigkeiten auf Hitlers Lieblingsberg gelesen.

Schließlich zeigte ihr eine Frau den Weg. Sie müsse an dem Waltenbergerhaus vorbeigehen, wo Minister Speer wohne, dann komme sie zum Haus Baumgartlehen, das sei der neue Gutshof für den Führer, und dann noch 300 Meter weiter, da sei dann die Wache, von da könne sie den Berghof sehen. Das sei inzwischen ohnehin eine regelrechte Pilgerstätte, da würden sich viele Leute am Zaun tummeln, es wäre nicht schwer zu finden.

Martha ging mit großen Schritten eine gute Stunde durch den Wald hinauf, sie war nicht die einzige, die den Weg beschritt. Bei der Wache waren Menschen versammelt, sie standen vor dem Eingang und hofften, Hitler zu sehen. Martha stieg jedoch seitlich am Zaun entlang bergauf, bis sie an ein kleines verschlossenes Gartentor kam. Zwei SS-Männer patrouillierten etwas oberhalb auf schmalem Weg. Sie rüttelte heftig am Gartenzaun und schrie aus Leibeskräften: „Ich will meinen Führer sehen! Ich will meinen Führer sehen!" Die SS-Männer sprangen herzu und herrschten sie an, dass sie sofort still sein solle. Martha beklagte sich, dass sie Hitlers Haus gar nicht richtig sehen könne, sie sei doch eigens angereist, sie müsse dem Führer einen Brief überreichen. Die beiden SS-Männer gaben ihr zu verstehen, dass sie Hitler ganz sicher keinen Brief übergeben könne, und dass sie von hier schnellstens wieder verschwinden solle. „Wenn ich den Führer nicht sehen kann", rief Martha zu den SS-Männern, „dann will ich auch nicht mehr leben."

Tatsächlich öffnete nun einer der beiden die kleine Tür und sagte, sie könne ein paar Stufen heraufsteigen, von da könne sie den Berghof sehen, und vielleicht habe sie ja Glück, dann könnte es sogar sein, dass Hitler im Zimmer auf und abgehe, vielleicht komme er an einem der Fenster vorbei.

Aber so sehr Martha sich auch anstrengte, der Führer ging in seinem Zimmer nicht auf und ab, es gab nichts zu sehen. Da schrie sie wieder: „Ich will meinen Führer sehen, ich will meinen Führer sehen!" Sie solle jetzt sofort still sein, riefen die SS-Männer, und schoben sie zur Gartentür hinaus. Als sie versuchte, einem der beiden den Brief in die Hand zu drücken, und ihn zu bitten, diesen Hitler zu übergeben, wehrte der lachend ab und meinte, unten in Berchtesgaden, am Bahnhof, da gebe es einen Postkasten.

„Ich will meinen Führer sehen, ich will meinen Führer sehen!", sagte Martha beim Hinuntergehen trotzig vor sich hin. Aber sie sagte es zu sich selbst, um die Tränen zu unterdrücken.

Eine ältere Frau mit einer großen Ledertasche kam ihr entgegen. Martha sprach sie an, erzählte ihr Missgeschick, zeigte ihr den Brief an Adolf Hitler und jammerte, dass sie jetzt den weiten Weg völlig umsonst gemacht habe. Und sie müsse heute noch zurück mit dem Zug nach Linz. Die Frau erzählte ihr, dass sie am Berghof sauber mache, sie sei eine von Hitlers Putzfrauen, sie gehe jetzt hinauf in das Haus, da müsse sie auch das Schlafzimmer des Führers reinigen, wenn Martha einverstanden sei, könne sie den Brief auf Hitlers Kopfpolster legen.

So übergab Martha das Kuvert einer fremden Frau und lief mit großen Schritten den Weg durch den Wald hinunter. Ein kleiner Hoffnungsschimmer tat sich auf. Vielleicht war die Reise doch nicht umsonst gewesen.

Tatsächlich kam einige Wochen danach ein Brief aus dem Führerhauptquartier in Berlin. Man teilte Martha mit, dass ihr Schreiben eingegangen sei, und dass man die von ihr vorgebrachte Angelegenheit prüfen werde. Heil Hitler!

Mein Großvater konnte nach fünf Monaten „Schutzhaft" im Landesgefangen-
haus Linz und nach sechs Monaten als Häftling des Konzentrationslagers
Dachau am 2. Februar 1939 wieder zu seiner Familie heimkehren. Seine
Frau erwartete ihn am Bahnhof, die Kinder, die an verschiedenen Orten
wohnten, kamen in den Tagen darauf nach Linz, um ihren Vater zu beglück-
wünschen. Eine Sache trübte das Wiedersehen: Für meine Großmutter war
es nicht leicht zu akzeptieren, dass ihr Mann über seine Zeit in Dachau nichts
erzählen wollte. „Es war schlimm, sehr schlimm", sagte er, denn er habe
dort ein „himmelschreiendes Unrecht" gesehen. Sie erfuhr dann nur noch,
dass er beim Eintreffen im Lager von dem Wachpersonal so brutal zusammengeschlagen worden sei, dass er drei Mal das Bewusstsein verloren habe.
In der Untersuchungshaft, in den Monaten davor, sei es ihm hingegen „tau-
sendmal besser" ergangen.

Jeden zweiten Tag musste sich mein Großvater nun bei der Gestapo
melden, was die ersehnten Bergtouren mit den Kindern vorerst verhinderte.
Als Sachbearbeiter einer Krankenversicherung fand er eine neue Stelle, dort
erledigte er bis zum Kriegsende eingehende Akten. Der Lohn allerdings
wurde strafweise halbiert, eine Hälfte kassierte der Staat. Seine vier Söhne
wurden 1939 bzw. 1940 zur Wehrmacht eingezogen, einer von ihnen, Karl,
fiel, dreiundzwanzigjährig, bei der Schlacht um Stalingrad.

Noch im Juli 1945 wurde mein Großvater wieder in den „aktiven Stand
der neuen österreichischen Gendarmerie" aufgenommen, Mitte Oktober
1946 zum Oberst befördert und vom Bundesministerium für Inneres per
„Übernahmsdekret" zum Landesgendarmeriekommandanten für das Mühl-
viertel ernannt, jener von den sowjetischen Soldaten besetzten Zone Oberösterreichs.

Gegen Oberst Ewald Simmer, jenen Kollegen, der im März 1938 nicht
nur seinen Vorgesetzten Dr. Spitzer, sondern auch meinen Großvater und
eine Reihe weiterer Kollegen, allesamt Offiziere der Gendarmerie, verhaften
ließ, wurde ein Prozess vorbereitet.

4

FLUCHTLINIEN, BRIEFE

Es war Anfang Oktober 1945, als Simmer, nun Oberst außer Dienst, an der Wohnungstür seines früheren Kollegen, meines Großvaters, klingelte. Meine Großmutter öffnete. Sie wusste sofort, wer vor ihr stand. Es waren sieben Jahre vergangen, seit sie ihn zuletzt gesehen hatte.

Simmer, Simmer sei sein Name, Ewald Simmer, er sei ein Berufskollege ihres Gatten. Ob ihr Mann für ihn zu sprechen sei.

Ihr Mann sei leider nicht zuhause, sagte meine Großmutter, es wäre besser, wenn er ein anderes Mal wieder käme. Sie wollte die Türe rasch schließen, da fügte er hinzu, es täte ihm wegen der Störung leid, aber er müsse „einiges Wichtiges erklären, und zwar handelt es sich dabei um die Haftzeit ihres Gatten."

„Das müssen Sie mit ihm besprechen", antwortete meine Großmutter, verabschiedete sich mit einem kleinen Kopfnicken und verriegelte die Tür dreifach.

Am nächsten Tag, es war früher Abend, stand Ewald Simmer erneut vor der Wohnungstür. Und wieder war mein Großvater vom Dienst noch nicht nach Hause zurückgekommen. Simmer bat meine Großmutter für einen Augenblick um Aufmerksamkeit, es gehe nämlich darum, dass er an der Verhaftung ihres Mannes im März 1938 schuldlos sei, gänzlich schuldlos, und das sei sehr wichtig, dass sie und ihr Mann von dieser Tatsache Bescheid wüssten. Er werde nämlich jetzt von allen Seiten nur noch gehetzt, dabei habe er sich mit seinem geschätzten Arbeitskollegen doch immer so gut verstanden. Und man müsse wissen, dass er mit dieser Sache, also mit der Untersuchungshaft und mit dem Konzentrationslager nichts zu tun habe. Er habe das alles, Dachau und so, über ausdrücklichen Befehl aus Wien anordnen müssen. Er würde doch niemals einen Kollegen … er sei ein anständiger Gendarm, der seine Pflicht …

Meine Großmutter nahm die kleine Verzögerung in seinem Redefluss wahr und sagte zu ihm:

„Ich habe nicht diesen Eindruck. Ich bin im April 1938 bei Ihnen gewesen und habe Sie darum gebeten, dass Sie meinen Mann freilassen, und da haben Sie mich abgewiesen."

Simmer sagte, er könne sich gar nicht daran erinnern, dass sie bei ihm vorstellig gewesen sei. Das sei erstaunlich. „Es wird jetzt überhaupt und überall so viel Ungerechtes gegen mich vorgebracht, aber ich bin in allem unschuldig. Und genau deswegen wollte ich ja mit Ihrem Mann sprechen …"

Meine Großmutter sagte: „Auf Wiedersehen!", und schloss die Tür.

Als mein Großvater nach Hause kam, war er äußerst aufgebracht, dass sie diesem Simmer ein zweites Mal die Tür geöffnet, ihn nicht nur angehört, sondern sich sogar mit ihm unterhalten hatte. Er schärfte ihr ein, sie dürfe die Wohnungstüre künftig nur noch öffnen, wenn sie sich zuvor durch das Guckloch in der Türe versichert habe, wer draußen stehe. Für den Fall, dass Simmer noch ein drittes Mal bei ihnen an der Tür erscheinen würde, solle sie die Tür nur einen schmalen Spalt öffnen, ihm einen Brief, den er morgen früh schreiben würde, in die Hand drücken und die Tür rasch wieder schließen.

Simmer stand tatsächlich ein drittes Mal vor der Wohnungstür, es kam zu keinem Gespräch, durch den Türspalt wurde ein Brief übergeben.

Herr Oberst!

Seit ich von Dachau zurück bin, wollte ich oft an Sie schreiben und um Mitteilung ersuchen, warum Sie über meine Familie und über mich so unendlich viel Leid gebracht haben. Obwohl es oft sehr schwer war, Ihren plötzlichen Eingebungen und beruflichen Forderungen, die manchmal durch die Dienstvorschriften nicht begründet waren, zu folgen, war ich zu Ihnen stets korrekt, und mit Überwindung mancher Kränkung, die Sie mir im Laufe der vielen Jahre zufügten, bemüht, mir Ihre Zufriedenheit zu erringen. Dass es mir nicht gelungen ist, Ihre Voreingenommenheit gegen mich zu überwinden, das spürte ich oft deutlich.

Trotzdem hielt ich es für ausgeschlossen, dass Sie mich, Ihren untergebenen Kollegen im Dienst, Vater von sieben Kindern, in Haft setzen oder meine Verhaftung zulassen würden. Doch wie schwer wurde ich in dieser Meinung enttäuscht, als ich am 13. März 1938 ins Büro kam und erfahren musste, dass Sie bereits Oberst Dr. Spitzer, Oberstleutnant Pleschinger und Major Dr. Lungenschmid in Haft gebracht hatten.

Welche Gehässigkeiten Sie in einem Telefongespräch über Dr. Spitzer zum Ausdruck brachten, erschütterte mich bis ins Innerste. Bei seinem Hochzeitsjubiläum, es lag nicht lange zurück, haben Sie ihn über alle Maßen gelobt, ja geradezu verherrlicht. Mir erschien das damals übertrieben. Aber am Tag nach dem Empfang Hitlers im Linzer Rathaus haben Sie nebst anderen Schmähungen gesagt: „Es bleibt eine für ganz Deutschland untilgbare Schmach, dass Adolf Hitler dieser Spitzer-Sau die Hand gereicht hat."

Dann haben Sie den Ringführer der nationalsozialistischen Gendarmen, Major Hölzel, mit außerordentlicher Freundlichkeit und warmer Anerkennung empfangen: „Ich begrüße Sie als Ringführer von ganzem Herzen. Nun haben wir unser heißerfülltes Ziel erreicht. Durch Jahre mussten wir zähneknirschend schweigen. Unser Kampf war oft schwer und gefährlich. Jetzt sind wir frei. Jetzt haben wir das Wort. Heil Hitler!"

Meine Frau und eine Tochter waren bei Ihnen und haben darum gebeten, Sie mögen für meine Freilassung eintreten. Glücklicherweise ließen sie sich im Glauben an meine Schuldlosigkeit auch durch ihre scharfen abweisenden Bescheide nicht irre machen.

Sie, Herr Simmer, sind schuld oder zumindest mitschuld daran, dass ich fünf Monate in Einzelhaft, sechs Monate im Konzentrationslager in Dachau war und nach meiner Rückkehr zwangspensioniert wurde.

Während meiner Haftzeit und auch danach wurde mir von mehreren Personen, die über die neuen Machtverhältnisse in Österreich Bescheid wussten, gesagt, dass es nur Ihrer Stellungnahme bedurft hätte, um mich aus dem Gefängnis zu entlassen. Ich schrieb Ihnen einen Brief, der Ihnen persönlich überbracht wurde, und bat Sie, meine Freiheit zu erwirken. Eine Antwort habe ich nie erhalten. Sogar die jungen Gestapo-Beamten wussten, dass Sie entschieden gegen meine Freilassung sind. Sie haben zu ihnen gesagt: „Den Renoldner nicht frei geben, ich bringe neues Beweismaterial."

Damals wurden alle Kollegen in meinen früheren Dienststellen angewiesen, Beweismaterial gegen mich zu sammeln, vor allem darüber, wie ich gegen die Aktivitäten der verbotenen NSDAP tätig war. Es waren Berichte über mich, die Sie in Auftrag gegeben und gesammelt haben. Mit diesen Berichten haben Sie mich nach Dachau gebracht.

Wenn Sie nach dem Jänner 1939 weiterhin Kommandant der Gendarmerie in Linz geblieben wären, wäre meine Leidenszeit noch um vieles verlängert worden. Es war Ihr Nachfolger, Oberst Dr. Hopf, ein Nationalsozialist, der mich aus dem Konzentrationslager Dachau befreite. Er sagte zu mir diese Worte: „In der Partei wissen längst alle, dass Oberst Simmer ein Schwein ist. Aber er hat uns in der Zeit der Illegalität so viele geheime Informationen verschafft, deshalb können wir ihn nicht sofort fallen lassen."

Ich dankte Oberst Dr. Hopf nach meiner Rückkehr aus dem KZ für die Befreiung. Er sagte zu mir: „Ja, ich habe mich um Ihre Freilassung bemüht, doch Oberst Simmer war anfangs noch stärker als ich."

Als ich im Frühjahr 1938 in Linz in Einzelhaft war und reichlich
Zeit und Gelegenheit hatte zum Nachdenken über Menschenwürde
und Menschenschwäche, gelang es mir, wieder meine Ruhe zu finden.
In Dachau habe ich so viel grauenhaftes Unrecht gesehen, dass ich
mich angesichts der himmelschreienden Grausamkeiten glücklich
fühlte, als ich diese Stätte des Schreckens und der Barbarei gesund
verlassen konnte. Ich habe inzwischen allen meinen Peinigern ver-
ziehen und versuche auch das Leid, das Sie über mich und meine
Familie gebracht haben, zu vergessen.

Ihr zweimaliges überraschendes Erscheinen an unserer Woh-
nungstüre hat mich jedoch in neue Unruhe gebracht. Meine Familie
und ich haben zu viel gelitten. Sie werden es begreifen, dass ich
deshalb auf eine Aussprache und auf Ihre Erklärungen, die ja die
Tatsachen doch nicht ändern können, verzichte.

Gezeichnet,
  Renoldner

Kurz darauf langte eine Antwort ein:

Linz, 18. Oktober 1945

Geehrter Herr Major!

Ihr Schreiben, das ich mit diesem Inhalte nie erwartete, habe ich
erhalten und bedaure aufrichtig, dass es zu keiner Aussprache zwi-
schen uns schon zu einer Zeit kam, als Sie aus Dachau zurückkehrten.
Wodurch sich vieles geklärt haben würde.

Ihre Mitteilungen, soweit sie mich persönlich betreffen, sind aber
derart vernichtend, dass ich mich bestimmt fühle, Ihnen auf diesem
Wege wesentliche Aufklärungen zu geben, mit deren Richtigkeit ich
stehe oder falle.

Ich habe mich niemals um Politik gekümmert, weil dies den alten

Offizieren verboten war und weil ich, offen gestanden, von Haus aus keine Eignung dazu habe. Unsere Linzer Adjutantur war doch stets eine Klatschstube, ohne Rücksicht auf offene Türen. Was wurde da nicht alles gesagt!

Dass Hölzel ein SS-Mann war, wurde mir erst beim Umbruch bekannt. Ich habe mit ihm nie etwas zu tun gehabt. Dass ich ihn bei seiner Meldung als Ringführer begrüßte, ja. Ich kann mich an meine Worte nicht mehr erinnern. Sie waren jedenfalls mit dem Gebot der damaligen Zeit im Einklange.

Ihre Gehässigkeit überbietet aber alles, wenn Sie behaupten, ich hätte mich mit der Gestapo verabredet. Man möge mir den Posten gegenüberstellen, der behauptet, ich hätte Weisung gegeben, über Sie zu berichten.

Ich war als Vorgesetzter sehr streng und deshalb auch unbeliebt und gehasst. Seit dem März 1938 setzte hinterrücks ein Treiben gegen mich ein, 13 von 15 Kreisleitern des Landes verlangten vom Gauleiter meine Absetzung. Und wissen Sie, warum sie es taten? Weil ich meinen Dienst nicht im Sinne des nationalsozialistischen Ideengutes ausübte. Gemeinsam verlangten sie in Wien meine Versetzung. Sie versuchten es mit allen Mitteln. Obwohl ich überall Einspruch erhob, kam ich zu Fall. Plötzlich teilte man mir mit, man wisse gar nicht, dass ich mich nationalsozialistisch betätigt hätte. Sie sehen, ich bin ein Opfer des Parteiinteresses geworden. Meine Stelle wurde also mit jemandem besetzt, der sich angeblich große Verdienste um die NSDAP gemacht hat.

Wollen Sie, geehrter Major, meine heilige Versicherung, die ich vor Ihnen und meinem Gewissen abgebe, entgegennehmen, dass ich in Ihrer Angelegenheit in keiner wie immer gearteten Richtung auch nur irgendein Verschulden trage, welches zu Ihrer Festnahme führte.

Ich begreife Ihre heutige Einstellung vollkommen. Wahrscheinlich bildete sie sich aus den zahlreichen Anklagen, die meine Ankläger gegen mich vorbringen. Ich werde aber aus eigenem Antrieb Wege finden, um das über mich hereingebrochene Unglück zu lenken. Ich weiß, dass eine teuflische Hetze hinter mir herjagt, die selbst vor keinem Mittel zurückschreckt. Schon jetzt sind mir die Ruhestandszahlungen eingestellt worden.

Ich danke Ihnen für die in Ihrem Briefe erwähnte Verzeihung, die Sie Ihren Peinigern zuteil werden ließen, als welchen auch ich mich so lange ansehen muss, bis es mir gelungen sein wird, ihre gefasste Meinung zu ändern.

Bis dahin zeichnet,
Ihr Simmer

II

Der Prozess

Im Sommer 1945 hatte Ewald Simmer noch gehofft, dass ihm ein Prozess, Untersuchungshaft und Bestrafung erspart bleiben. Er suchte in verschiedenen österreichischen Bundesländern hochrangige Offiziere auf, die ihm aus früheren Jahren bekannt waren. Es handelte sich ausschließlich um Personen, die dem NS-Regime kritisch gegenüberstanden. Sie, so vermutete er, werden im Nachkriegs-Österreich die Geschicke der Gendarmerie mitbestimmen. Die folgenden Kapitel 5 bis 15 werten die umfangreichen Akten jenes Prozesses aus, der 1946–1948 auf Antrag des Innenministeriums vom Volksgericht in Linz gegen Ewald Simmer geführt wurde.

5

UNBEDACHTE REFLEXBEWEGUNG

Eine Hetzjagd wird gegen mich veranstaltet, sagte sich Simmer, ein Kesseltreiben, man will mich zu einem Gauner, einem Betrüger, einem Halunken machen. Ich habe meine Pflicht getan, war weisungsgebunden gegenüber dem Innenministerium und der SS, diese haben doch die wesentlichen Entscheidungen getroffen, nicht ich. Ich musste sie wider Willen ausführen, überhaupt ist das alles gegen meine Überzeugung geschehen, und diese läppischen Animositäten mit den Kollegen, die 1938 in Haft gekommen waren, das war doch überall so, nicht nur bei der Gendarmerie, und zudem ist das eine ganz private Sache, das geht doch niemand etwas an, schon gar nicht ein hohes Gericht, „alles vernachlässigbar! Vernachlässigbar!"

Mit diesen Argumenten versuchte Simmer bei seinen Besuchen in Steyr, Amstetten, Villach, Zell am See, Saalfelden, Kitzbühel und Innsbruck tatkräftige Unterstützer zu finden, die ihn vor einer Haftstrafe bewahren konnten. Und je öfter er seine Lage erklärte, desto mehr schien es ihm klar, dass man ihm zuletzt nichts anhaben könne, denn es gebe keinerlei Schuld zu entdecken.

Simmer wurde an diesen Orten höflich empfangen, man plauderte, hörte seine Version der Geschichte an, persönliche Ehrenerklärungen, zumal in schriftlicher Form, wollte ihm jedoch kein einziger der Angesprochenen geben. Es war bitter, sich eingestehen zu müssen, dass die Rundreise durch Österreich keinen Erfolg erbracht hatte.

Dann kam ein Schock für das Ehepaar Simmer: Am 22. September 1945 traf der Bescheid der „Liquidationsstelle der Einrichtungen des Deutschen Reiches in Österreich" ein. Oberst außer Dienst Ewald Simmer wurde mitgeteilt, dass sein Dienstverhältnis bei der Gendarmerie rückwirkend mit 6. Juni 1945 aufgelöst worden war. Er war ja bereits altersbedingt in den Ruhestand versetzt worden, wie sollte man also diese Auskunft verstehen? Simmer diktierte seiner Frau einen Brief. Schon ein paar Tage später war die Antwort der amerikanischen Militärregierung in seinem Postfach. Man bestätigte ihm, dass die Pensionszahlungen wegen seinen nachweisbaren Aktivitäten für das NS-Regime eingestellt wurden.

In den folgenden Tagen ist die Wohnung des Ehepaares Simmer in der Weissenwolfstraße 11 bis nach Mitternacht hell erleuchtet. Die beiden sammeln alle erdenkbaren Argumente der Verteidigung, man ordnet und nummeriert die Notizen, es wird ergänzt und korrigiert. Stichhaltig soll es sein, beweiskräftig, nichts soll mehr dem Zufall überlassen werden, alle möglichen Begründungen müssen überzeugend versammelt werden für die große, unwiderlegbare Rechtfertigung.

Auf der Schreibmaschine tippt Sieglinde Simmer schließlich in mehreren Versionen den gesamten Bericht, sie verwerfen ihn noch einmal, ändern die Reihenfolge der einzelnen Absätze, noch eine Nacht, und noch ein Tag, quälende Arbeit. Zuletzt sind es vier engzeilig beschriebenen Seiten, die Simmer an die amerikanische Besatzungsbehörde schickt. Er bezieht sich zuerst auf die angeblich „nachweisbaren Aktivitäten" für das NS-Regime und versucht sie zu widerlegen. Simmer weiß von Freunden in ähnlicher Lage, dass die Amerikaner aus den Berliner Archiven die entsprechenden Nazi-Akten nach Linz gebracht haben. Und so führt er aus, dass sämtliche Angaben, die er in dem Fragebogen der NSDAP vom 30. Mai 1938 gemacht habe, unwahr seien. Damals, vor sieben Jahren, hatte er handschriftlich alle seine Aktivitäten für die Partei, beginnend im Jahr 1932, mit großer Akribie aufgelistet. Jetzt merkt Simmer dazu an, dass alle Eintragungen nichts als Lügen seien, die er auf Drängen von hochrangigen Nazis machen musste. „Das war notwendig, um meine Stellung bei der Gendarmerie nicht zu gefährden. Es ist mir, einem durch und durch aufrichtigen Demokraten, damals gewiss nicht leicht gefallen, ich bitte Sie mir das zu glauben, all die Jahre in die Rolle eines Nazi-Freundes zu schlüpfen und dieses ‚Doppelspiel' solange durchzuhalten."

In Wahrheit, so erklärt Simmer in seinem Bekenntnis-Schreiben, habe er sich „nie im Sinne des NSDAP-Gedankengutes betätigt. Ich bin auch kein Mitglied der Partei gewesen, habe mich vielmehr in vielen Situationen arg verstellen müssen, und mir den Anschein geben müssen, Hitlers Partei nahe zu stehen. Meine Absicht war eine redliche, schließlich bin ich nur mit Hilfe dieser ‚Doppelrolle' an jene Informationen herangekommen, die ich wiederum gegen die Nationalsozialisten verwenden konnte."

Und daher sei er schon 1938, so führt er in diesem Brief aus, von besonders eifrigen NSDAP-Genossen angefeindet worden, ja man habe gegen ihn „ein maßloses Kesseltreiben" entfesselt, um ihn zu Fall zu bringen. Aber er habe sich nicht beirren lassen und habe seinen Dienst bei der Gendarmerie als entschiedener Gegner der Nazis fortgesetzt. Nach bestem Wissen und Gewissen.

Dass die folgende Passage in dem Brief aufgenommen wurde, ist Simmers Gattin zu verdanken. Es war ihre Idee, die Entlastung mit einer besonderen Pointe zu krönen: Er sei zwar, betont Simmer, das könne und wolle er keinesfalls beschönigen, der Widerstandsbewegung in Österreich nicht offiziell beigetreten, „aber ich habe mich als Gendarmerieoffizier von Anfang an aktiv in ihrem Sinne eifrigst betätigt und habe überdies wiederholt feindliche Ausländer mit Verpflegung, Kleidung und persönlicher Hilfeleistung tatkräftigst unterstützt."

Zur weiteren Beglaubigung seiner Aussagen legt er dem Brief an die amerikanische Militärregierung einen Stapel entlastender Briefe bei, die er in den vergangenen Wochen doch noch eingesammelt hat. Er ist überzeugt, dass die Erklärungen von vierzehn Männern und Frauen seiner Rettung dienen können. Natürlich entgeht ihm nicht, dass sich in diesen vierzehn Blättern die Formulierungen stereotyp wiederholen, er hat es den Freunden und Bekannten ja in diesem Sinne vorgegeben. Die Unterzeichneten beteuern, Ewald Simmer sei, erstens, „Zeit seines Lebens ein fanatischer Anti-Nazi" gewesen, der, zweitens, „bei dem national-sozialistischen Regime immer unbeliebt war". Simmer und seine Frau hätten, drittens, was damals streng verboten war, Feindsender gehört, sie hätten immer nur auf das Ende der Nazi-Diktatur gehofft und sie hätten, viertens, das werde hier mit Unterschrift an Eides statt bezeugt, niemals Sympathien für die Ideologie des NS-Staates gehabt.

Seine große Verteidigungsrede und jene vierzehn Begleitschreiben steckt Simmer in ein Kuvert, das er persönlich zur Haupt-Post in die Domgasse bringt. Er macht an diesem Abend noch einen weiten Spaziergang durch die Altstadt, kommt am Rathaus vorbei, geht zur Donau, schaut hinunter in den Fluss, an der Brücke beobachtet er die Wache stehenden russischen Soldaten, nördlich der Donau beginnt ja die sowjetische Besatzungszone. Simmer weiß, wie sehr den Sowjets die österreichischen Widerstandskämpfer, viele von ihnen Kommunisten, willkommen sind. Warum, so fragt er sich, sollte das bei den Amerikanern anders sein?

Doch all die Mühe war umsonst, Simmers Bericht hatte keinen Erfolg. Denn die Alliierten hatten von Anfang an erklärt, das hatte Simmer in den Zeitungen gelesen, es sei nicht nur das Ziel, in Österreich eine demokratische Ordnung herzustellen, sondern man müsse alle Spuren des autoritären Denkens systematisch beseitigen, das bedeutete, sämtliche Verantwortliche aus den Bereichen, Politik, Verwaltung, Justiz, Polizei und Erziehungswesen auszutauschen. Daher wird Simmer am 16. Februar 1946 verhaftet. Er kommt in einem ehemaligen Kriegsgefangenenlager bei Ottensheim in Untersuchungshaft. Sein Prozess wird vorbereitet, Anwalt DDr. Schallmayr, ein Bekannter, den Simmer in den letzten Monaten schon mehrmals konsultiert hat, wird ihm als Verteidiger zur Seite stehen.

Bevor es zu einer ersten Hauptversammlung kommt, werden viele Zeugen befragt. Auch Simmer wird drei Mal, jeweils mehrere Stunden lang, vernommen. Einige Aussagen von Zeugen belasten ihn schwer, zuletzt ist die Beweislast zu seinen Ungunsten erdrückend. Aber Simmer hat sich vorgenommen zu kämpfen, er

beteuert, er sei zu Unrecht beschuldigt, er sei ein Opfer sowohl
des NS-Regimes als auch der Nachkriegsjustiz.

Seine Abwehrtechnik ist konsequent: An die meisten seiner
Aussagen, mit denen man ihn konfrontiert, kann er sich nicht
mehr erinnern. Vieles, was Zeugen gegen ihn aussagen, bestreite
er „entschieden". Es handle sich dabei meist um „infame Lügen"
von rivalisierenden Kollegen, die ihm schaden wollen. Dies und
jenes und noch viel mehr „stelle er entschieden in Abrede", gerne
sagt er auch: „Welche Wortwahl ich damals gebraucht habe, weiß
ich nicht mehr."

Dass er sich schon in den Jahren vor dem März 1938 bei diver-
sen privaten Anlässen, wie mehrere Zeugen übereinstimmend zu
Protokoll gaben, mit ausgestrecktem rechten Arm verabschiedet
haben soll, findet Simmer empörend. „Ich bestreite den Hitlergruß!", sagt er dem Gericht. „Was andere für einen Hitlergruß
gehalten haben, kann nur eine unbedachte Reflexbewegung des
rechten Armes gewesen sein". Da muss Richter Dr. Andesser, einer
der beiden Richter, die das Verfahren des Volksgerichts leiten,
unwillkürlich lachen. Simmer herrscht ihn an und sagt, er ver-
bitte sich dieses Lachen. Dr. Andesser verbittet sich daraufhin
Wortmeldungen des Angeklagten, solange er nicht dazu aufgefordert sei.

Einige der Zeugen, die mit dem Angeklagten in politischer
Hinsicht oder aus persönlichen Motiven sympathisieren, versuchen Simmer zu entlasten. Frühere Mitglieder der NSDAP, ehemalige SA- oder SS-Männer, Beamte der Gestapo sind bei ihrer
Einvernahme entschlossen, gar nichts oder möglichst wenig zu
sagen und auf Nachfrage nichts zu wissen. Die Richter weisen
darauf hin, dass erst ein paar Jahre vergangen seien, aber die Zeugen können sich dennoch an Einzelheiten der Ereignisse, an be-
stimmte Aussagen dieser oder jener Person nicht mehr erinnern.
Eigenwillige Versionen werden ins Gespräch gebracht: Simmer
sei „im Grunde genommen ein verkappter Monarchist gewesen",
beteuert ein ehemaliger Revierinspektor, „für den Nationalsozialismus hat der sich doch nie interessiert!" Er sei ganz sicher, dass

Simmer nie in der Illegalität tätig gewesen sei. Das hätte er, der schon sehr früh in die NSDAP eingetreten sei, schließlich wissen müssen.

Ein junger Gendarm gibt zu Protokoll, dass Simmer vor dem März 1938 hin und wieder zu Kollegen gesagt habe, man müsse jetzt aber einmal „ganz scharf gegen die Nationalsozialisten vorgehen". Den Satz bestätigt auch ein Kollege. Fügt jedoch hinzu, das sei einer von Simmers Scherzen, ein allzu leicht durchschaubarer Tarnversuch, gewesen.

Ein „einfaches Parteimitglied" beteuert, Simmer sei allgemein als Nazigegner bekannt gewesen. In dieselbe Kerbe schlägt ein anderer, ein Kassier der NSDAP, der aussagt, der Angeklagte habe nie einen Mitgliedsbeitrag eingezahlt, das hätte er ja schließlich wissen müssen.

In der ersten Hauptverhandlung wird Simmer von Dr. Wolfgang Ransmayr, dem zweiten Richter des Verfahrens, gefragt, was ihn bei seiner radikalen Distanz zur NSDAP veranlasst habe, im April 1938 sowohl an die Ortsgruppe als auch an die Kreisleitung der NSDAP den Antrag zu stellen, in die Partei aufgenommen zu werden? Deren österreichischer Fraktion „Alpenland" er doch schon, wie die Akten belegen, im Frühling 1932 beigetreten war? Und wieso er im Herbst 1938 zwei Mal den Antrag gestellt habe, Mitglied der SS zu werden? Und Anfang 1939 ein drittes Mal? Dr. Ransmayr zeigt die entsprechenden Dokumente.

Simmer blickt in den Saal, sagt mit lauter Stimme: „Um Aufnahme in die NSDAP anzusuchen, dazu bin ich gezwungen worden. Ich habe nur auf besonderes Drängen von Gauleiter Eigruber und Brigadier Herzog, meinem unmittelbaren Vorgesetzten im Wiener Innenministerium, um die Mitgliedschaft angesucht. Gegen meinen entschiedenen Willen."

Im Saal herrscht eine angespannte Stille, nur die Gerichts-Stenografinnen kritzeln vor sich hin.

„Zur SS habe ich keineswegs aus politischen, sondern nur aus beruflichen Gründen gewollt. Weil ein Himmler-Erlass besagte, dass die SS-Mitglieder nach dem Krieg später in die deutsche Polizei übergehen würden. Und da, dachte ich, wäre es gut, früh schon meine Verbundenheit auszudrücken."

Er möchte sich niedersetzen, Dr. Ransmayr bedeutet ihm aber, stehen zu bleiben. Bevor der Richter eine weitere Frage stellt, sagt Simmer ein weiteres Mal: „Ich bin ein gänzlich unpolitischer Mensch. Und weil ich das auch immer gewesen bin, darum war ich bei den Nazis so unbeliebt. Ich habe schon vor 1938 immer wieder Angebote von den Nationalsozialisten bekommen, aber ich habe die Mitarbeit bei dieser Partei immer abgelehnt."

Dr. Ransmayr hebt noch einmal die Dokumente in die Höhe und weist darauf hin, dass diese Papiere Zeugnis von dem Gegenteil geben, nämlich von Simmers leidenschaftlichem Wunsch, der Partei und der SS dienstbar zu sein. Aber den Angeklagten beeindruckt das nicht, er zuckt mit den Schultern, schüttelt den Kopf, sucht den Blickkontakt zu seiner Frau und setzt sich wieder auf den Stuhl an der Anklagebank.

6

BIOGRAFIE EINES TÄTERS

In dem Personalbogen von April 1938 dokumentiert Oberst Simmer seine unermüdliche Betriebsamkeit für Nazi-Deutschland, zu erfahren ist auch, was er monatlich verdient hat und dass ihm irgendwelche Anteile an einem Haus gehören und so weiter. Aber wie wurde er zu einem fanatischen Nationalsozialisten?

Ewald Simmer, geboren am 12. März 1880 in Kamentz, einem nordböhmischen Dorf in der Nähe von Aussig an der Elbe, heute Ústí nad Labem, stammt aus einer deutschsprachigen Familie. Tschechische Verwandte gibt es nicht. Schon sein Vater war Offizier und Gendarmeriekommandant in einer böhmischen Kleinstadt. Die Eltern sind deutschnational eingestellt, wie viele im Sudetenland. Nach der Grundschule erhält der Sohn eine militärische Ausbildung. Er wird auf die „Infanterie-Kadettenschule" nach Prag geschickt, wo er im Jahr 1900 seine Matura ablegt. Nach Absolvierung der Wehrpflicht dient er einige Jahre in einem ungarischen Bataillon, dann findet er, inzwischen 28 Jahre alt, eine Stelle bei der Gendarmerie in Pressburg, heute Bratislava. Hier lernt Simmer seine Frau kennen, Sieglinde Helene von Schweidnitz, Tochter aus einem verarmten Rittergut in Hellersmarck/Schlesien. Sie heiraten dann bald. Auch in ihrer Familie war der Traum von einem neuen Deutschland, das von der Maaß bis an die Memel reichen würde, lebendig. Künftig wird sie ihren Mann bei seinen Karriereplänen energisch unterstützen, und sei es mit beiden Ellbogen. Letzteres beherrscht sie besonders gut.

Im Ersten Weltkrieg wird Simmer bei der Feldgendarmerie als tüchtiger Oberleutnant mehrfach ausgezeichnet. Genau notiert er in offiziellen Briefen und Fragebögen jedes Mal die Liste seiner militärischen Auszeichnungen von der Front. Auch seine Frau wird, nach 1945, bei ihren Eingaben an diverse Stellen der politischen Obrigkeit, sämtliche Orden, jede kleine Belobigung ihres Mannes genauestens aufzählen.

Nach 1918, der Kaiser war tot, die Monarchie zertrümmert, wurde die Tschechoslowakei ein eigener Staat, wenn auch kein deutscher. Das Ehepaar kaufte ein Haus in Linz, hier begann Simmers oberösterreichische Karriere. 1922 kam eine Tochter zur Welt, sie wurde auf den Namen Waltraud getauft. Es war ihr einziges Kind. Als Gendarmerieinspektor wurde er in den Posten von Wels und Steyr eingesetzt, um 1931, inzwischen zum Major ernannt, in das Landesgendarmeriekommando nach Linz zurückzukehren. Hier rückte er bald in der Rangfolge zum Oberstleutnant und schließlich zum Oberst auf.

Im März 1932 trat er in die österreichische NSDAP-Fraktion „Alpenland" ein. Ein SA-Mann überreichte ihm in einer improvisierten Feierstunde das Dienstbuch, er trifft sich ab jetzt mit diesen Männern einmal pro Woche zum Kegeln im Gasthof „Schwan" in der Stifterstraße. Eine völlig unpolitische Veranstaltung sei das gewesen, eine rein private Sache, so wird er später erklären. Treffen mit einigen jüngeren Kollegen, die Simmer für die nationalsozialistische Idee begeistern möchte und die ihm später noch nützlich sein werden, fanden auch im Hotel „Krebs", im Hotel „Waldschlössl" oder im „Märzenkeller" statt. Jedenfalls wird er sich nach dem März 1938 noch oft rühmen, dass er schon sehr früh zur „Bewegung" gefunden habe. Gerne lässt er, nach dem März 1938, seine frühe Berufung auch Journalisten wissen, sodass man gelegentlich in der Zeitung davon lesen kann.

Nach der blutigen Ausschaltung des sozialdemokratischen Schutzbundes im März 1933 durch Bundeskanzler Dollfuß wurden im Juni 1933 die österreichischen Parteien, damit auch die NSDAP, verboten. Wie viele andere war Simmer nun im Verborgenen, also „illegal" tätig. In den vier Jahren bis zum sogenannten „Anschluss" Österreichs an das Deutsche Reich lieferte er regelmäßig Berichte

zur Lage der Sicherheit in Österreich ans Deutsche Reich. Er hatte sich im ganzen Bundesland ein persönliches System von will-
fährigen Gendarmen, Informanten aus der Zivilbevölkerung, aber
auch von ihm bezahlten Spitzeln aufgebaut, die er vor Gericht
„Konfidenten" nennt und deren Namen er keinesfalls preisgeben
will.

Gleichzeitig verlangt er, dass sein Sekretär von jedem Bericht,
jedem Aktenzettel, der die illegalen Aktivitäten der NSDAP betrifft,
einen Extra-Durchschlag anfertigt. Diese Papiere nimmt Simmer
abends mit nach Hause. Die Wohnung der Familie Simmer in der
Weissenwolfstraße wird nun zu einer effizienten Schaltstelle in-
nerhalb des nationalsozialistischen Spitzelwesens. Sieglinde Simmer steht ihrem Mann oft bis spät in die Nacht als tatkräftige
Mitarbeiterin zur Seite. Auf der Schreibmaschine tippt sie Briefe,
schreibt Berichte und Aktenvermerke ab, per Boten werden die
Kopien an die NSDAP nach München übermittelt.

Es handelte sich dabei aber nicht nur um den Fleiß einer Se-
kretärin, Frau Simmer konnte, wie man dann später sehen sollte,
auch selbständig tätig sein. Besonders eifrig tat sie sich bei Denun-
ziationen hervor. Ein Beispiel: Dr. Albert Prohaska, ein angese-
hener Linzer Staatsanwalt, musste sich Ende 1938 wegen „Beleidi-
gung des Führers und des deutschen Militärs" vor der Gauleitung
in Linz und später auch in Wien, im ehemaligen Hotel Métropole,
der gefürchteten Gestapo-Leitstelle, verantworten. Sieglinde Simmer war es, die den Vorfall, gleich in doppelter Ausfertigung,
einmal nach Linz und einmal nach Wien, gemeldet hatte. In Linz
machte die Geschichte, dank eifriger Mundpropaganda, die Run-
de: Dr. Prohaska habe bei einem nationalsozialistischen Festakt
zu Ehren des Dichters Franz Stelzhamer, bei dessen Denkmal im
Linzer Volksgarten, gesagt, der Führer durchbreche die bisherige
Praxis, dass man nur nach einem entsprechenden Bildungsweg
Offizier werden könne. Hitler habe jedoch „nur eine Ausbildung
als Sattlergehilfe" absolviert.

Dr. Prohaska bestritt in den Verhören, diese Aussage gemacht
zu haben. Auch andere Anwesende hatten sie, auf Nachfrage hin,

nicht gehört. Einige Wochen später, ihre Meldung brachte offenbar nicht das erwünschte Ergebnis, reichte Frau Simmer die Denunzierung ein zweites Mal ein. Sie und ihr Mann fragten, auch das ist aktenkundig, in der Folge bei verschiedenen Stellen mehrmals über den Fortgang der Angelegenheit nach. Schließlich wurde Staatsanwalt Dr. Prohaska entlassen, degradiert und seine Pensionszahlungen gekürzt. Allerdings ging Simmers erklärter Wunsch, man möge Dr. Prohaska in das Konzentrationslager nach Dachau bringen, nicht in Erfüllung.

In Ewald Simmers Biografie kommt es dann zu einem Intermezzo in Wien. Der Karriere-Sprung ist für das folgende Geschehen von Bedeutung: Zwischen 1934 und 1936 war Oberst Simmer in der „Direktion für öffentliche Sicherheit" im Wiener Innenministerium tätig. Seine Position als Adjutant des Sicherheitsdirektors Baron Maffei bot ihm die einmalige Gelegenheit, sich mit Nationalsozialisten im höheren Beamtenapparat Wiens zu verbinden. Auf diese Weise war es ihm auch möglich, seinen oberösterreichischen Parteifreunden über die Vorkehrungen, die von der Wiener Regierung gegen die NSDAP in den Bundesländern getroffen wurden, Nachricht zu geben.

Vor Gericht bestätigten ehemalige Mitglieder der SS sowie Beamte aus dem Innenministerium – einige von ihnen befanden sich zu diesem Zeitpunkt selbst in Untersuchungshaft – die Tätigkeit des Angeklagten für die verbotene Partei. Übereinstimmend sagen diese Zeugen aus, Simmer sei während der sogenannten „Verbotszeit" als „Nachrichter der Gauleitung" aktiv gewesen. In diesem Zusammenhang rühmte sich Simmer wiederholt, er sei sogar ein „Alter Kämpfer" der nationalsozialistischen Bewegung gewesen. Diese Behauptung aber trifft nicht zu, denn sein Name fehlt in den Listen der „Alten Kämpfer".

Auch in Wien war Simmer seiner Mission treu. Seine Kenntnisse über die Sicherheitslage in Österreich sollten den deutschen Soldaten beim Einmarsch hilfreich sein. Es handelte sich um Auskünfte über österreichische Waffendepots und um Hinweise, bei welchen der Gendarmerie- und Polizeiposten die deutschen Soldaten möglicherweise mit einem bewaffneten Widerstand rechnen müssten.

Während des Prozesses aber bestreitet Simmer seine jahrelangen Spitzeldienste. Das ist verständlich, betrifft dies doch die Anklage auf „Hochverrat", ein Paragraf, der von den Volksgerichten streng geahndet wird. Im Verhör sagt Simmer, er habe während seiner Dienstzeit im Wiener Innenministerium „niemals Akten in der Hand gehabt", musste er doch „als Adjutant immer nur den Sicherheitsdirektor auf Reisen begleiten."

Gegenüber Gleichgesinnten, so sagen Zeugen aus, habe er sich mit kühnen Behauptungen hervorgetan, etwa dass der „Bundeskanzler Schuschnigg keinen Schritt tun und kein Wort reden konnte", ohne dass die „nationalsozialistischen Freunde im Reich" das erfahren hätten. Er habe damals in Wien, so stellt er es im Gespräch mit Freunden dar, als ein „dem Kanzler nahestehender Sicherheitsoffizier" eine recht bedeutende Rolle gespielt. Auch seinem Kollegen Dr. Hopf hatte er in einem vertraulichen Moment zugeflüstert, er, Simmer, habe aus seiner Wiener Zeit noch einige „schlagende Beweise" zur Hand, womit er, wenn es einmal darauf ankäme, „sogar den Gauleiter Eigruber umlegen" könne.

Zuletzt räumt der Angeklagte dann doch ein, ja, er gebe zu, er habe in seiner Zeit im Innenministerium doch einige geheime Akten und Berichte gesammelt, die hatten geplante Aktionen gegen illegale Nationalsozialisten zum Inhalt, ja, das müsse er zugeben. Aber er habe dabei eine Strategie verfolgt, denn mit dem Einsammeln dieser Akten konnte er „einem Missbrauch abwehren" und einen Verrat der Inhalte an die Nationalsozialisten verhindern. „Wenn ich die in meiner Wohnung sammle, können sie nicht in die Hände der Nazis fallen!" Aus diesem Grund habe er „alle diese Zettel" zu sich genommen. Ob er in puncto seiner Spitzeldienste aus dem Innenministerium noch etwas hinzuzufügen habe, wird er abschließend gefragt, und da wird Simmer laut: „Ich stelle entschieden in Abrede, irgendwelche Verbindungen mit Nationalsozialisten im Dritten Reich gehabt zu haben."

Als Baron Maffei – nach dem Krieg, bei seiner Einvernahme

für diesen Prozess – von Simmers „doppeltem Spiel", von seiner Informanten-Tätigkeit für die Nazis erfuhr, gab er sich „zutiefst erschüttert". „Die Verlogenheit des Oberst Simmer", sagt Baron Maffei in seinem Verhör, den er doch als Adjutanten nach Wien geholt und gefördert habe, sei „eine der größten Enttäuschungen" seines Lebens.

Warum Simmers Zeit in Wien zu Ende ging, darüber wurde bei dieser Gelegenheit nicht gesprochen. Tatsache ist, dass er ab Ende 1936 als stellvertretender Gendarmeriekommandant des Landes Oberösterreich in Linz tätig war. Für eineinhalb Jahre, bis zum März 1938, und noch einige Monate danach, bis zu seiner Versetzung nach Salzburg, wird er seinen Untergebenen ein gefürchteter Vorgesetzter sein.

7

AUS EINEM SEELENLEBEN

Wenn man sich die weniger befangenen Zeugen anhört, kann man
sich von Simmers wahrem Charakter eine Vorstellung machen.
Unter ihnen befinden sich auch einige ehemalige NSDAP-Mitglieder
und SA-Männer. Sie zeichnen das Bild eines fanatischen Nationalsozialisten und eines grobschlächtigen Chefs. „Seine Rücksichts-
losigkeit gegenüber dem Beamtenkorps ist allgemein bekannt und
gefürchtet gewesen", sagt ein Revierinspektor aus Ried, Simmer
sei „wegen seines brutalen Benehmens und seiner Härte gegenüber seinen Untergebenen sowie wegen seines ‚preußischen To-
nes' allgemein unbeliebt" gewesen.

Ein junger Leutnant, auch er ein ehemaliges Mitglied der
NSDAP, sagt aus, Simmer habe bei den Gendarmen als „Bauern-
schreck" gegolten, denn er sei „immer grob und maßlos ehrgeizig"
gewesen. Er ist überzeugt: „Der Simmer wollte nur eines: er wollte unbedingt nach oben." Ein Oberstleutnant aus Enns berichtet,
Simmer sei „kein verlässlicher Charakter, sondern ein Streber, der
bedenkenlos jede Konjunktur ausnützte und das in ihn gesetzte
Vertrauen seiner Vorgesetzten missbrauchte".

Ein Offizierskollege aus Linz gibt zu Protokoll, Simmer habe
öfters von Adolf Hitler geschwärmt und wiederholt bekannt, dass
er ihn für einen ganz großen Mann halte, „von dem wir alle noch
viel zu erwarten haben". „Simmer war 1938 von der Änderung des
Regimes sehr erfreut", sagt auch sein Amtsnachfolger. Illegale
Nationalsozialisten hätten ihn schon 1936 als „einen von uns"
bezeichnet, und er fügt hinzu: „Wenn Simmer jemand nicht leiden
konnte, trachtete er ihn zu entfernen. Und dabei war er in der

Wahl der Mittel nicht wählerisch. Ich habe Simmer für außerordentlich ungerecht gehalten."

Der Angeklagte hört sich die Einschätzungen durch Kollegen und Mitarbeiter an und lacht. „Ja, ich bin wegen meiner Strenge bei vielen Beamten verhasst gewesen, das weiß ich. Man hat mir eine ‚asoziale Behandlung der Untergebenen' unterstellt." Es sei schon gut möglich, schmunzelt er, und blickt in den Saal, dass sein „schroffes Wesen, das mir selbst bekannt ist", von anderen übel aufgefasst wurde. „Mehr kann und will ich dazu nicht sagen."

Weil er aktenkundig war, rollt Richter Dr. Andesser auch einen zurückliegenden Streitfall noch einmal auf, die Geschichte mit der Pistole. In Rainbach bei Schärding wurde 1937 ein Überfall auf ein Wohnhaus verübt. Zwei „Einbrecher und Raubmörder" wurden gestellt, dabei kam es zu einem Schusswechsel. Mein Großvater hatte, auf Simmers Weisung, die Aufgabe, den Fall zu untersuchen. Insbesondere sollte dabei die Frage geklärt werden, ob der Waffengebrauch der beiden Gendarmen gerechtfertigt war. Nach eingehender Untersuchung des Tatherganges und der Befragung aller Beteiligten verfasste mein Großvater einen Bericht, der zu dem Schluss kommt, ja, die beiden Gendarmen hätten zu Recht geschossen, denn die Einbrecher hatten zuvor schon von ihren Schusswaffen Gebrauch gemacht.

Oberst Simmer verlangte, den Bericht neu zu schreiben und ihn entsprechend seiner Anordnung abzuändern. Er wollte, dass der Schütze, ein junger Beamter, bestraft werde. Diese Verfälschung des Geschehens lehnte mein Großvater ab. Daraufhin entzog ihm Simmer den Fall, es kam zu einer zweiten und später noch zu einer dritten Untersuchung, zuerst von einem Offizier aus Linz, danach von einem Staatsanwalt. Beide Gutachten kamen zu dem selben Ergebnis, zu dem mein Großvater bereits gekommen war: Die Beamten seien in dieser Situation durchaus berechtigt gewesen, die Pistole zu ziehen und zu schießen.

Zu diesem Vorfall befragt, sagte mein Großvater aus: „Nach diesem dritten Bericht konnte man mit Oberst Simmer nicht mehr sprechen. Er strengte ein Disziplinarverfahren gegen mich an, weil ich mich angeblich seinen Anordnungen widersetzt hätte.

Damit ist er aber nicht durchgekommen. Und das hat ihn wütend gemacht. Wochenlang hat er mit mir kein Wort gesprochen."

Befragt, wie er den Charakter von Ewald Simmer beschreiben könne, sagt mein Großvater, er habe ihn als einen „launenhaften, unberechenbaren Vorgesetzten" kennengelernt. „Es war mit ihm schwer auszukommen. Er konnte insbesondere mich persönlich nicht leiden, weil ich aus dem Exekutivdienst hervorgegangen bin. Das ging auch anderen so, die ohne Matura in die Offizierslaufbahn der Gendarmerie übernommen wurden. Aber wir haben natürlich alle Amtsprüfungen gemacht. Genau wie er auch."

Auf Nachfrage des Richters wird auch die Tätigkeit meines Großvaters in der Gewerkschaft erörtert. Auch diese sei Oberst Simmer ein Dorn im Auge gewesen, er habe ihn mehrmals als einen „Roten" geschimpft. „So wurde ich dann in Dachau auch immer bezeichnet: als ‚Roter'. Er hielt meine Gewerkschaftstätigkeit nach 1918 für eine kommunistische Angelegenheit. Aber ich war nie in einer kommunistischen oder einer sozialdemokratischen, sondern immer nur in der Fraktion der christlich-sozialen Interessenvertretung der Gendarmen tätig."

In Dachau, sagt mein Großvater aus, sei er dann auch wiederholt in diesem Sinne vernommen worden. „Das war Simmers fixe Idee, dass ich ein Roter bin. Mir wurde in einem Verhör von einem SS-Mann, den sie eigens aus Linz geholt haben, zur Last gelegt, ich sei ein Roter, der wiederholt gegen die Nazis gehässig gewesen ist. Ja, ich habe Nationalsozialisten verhaften lassen, schon 1934 habe ich an verschiedenen Orten illegale Nazis verhaftet. Aber sie glaubten, ich sei ein Kommunist. Und schließlich: ich hätte einen Erlass herausgegeben für alle Posten draußen am Bundesland, wonach die Gendarmen gegen die NSDAP besonders scharf vorzugehen haben."

Dem könne er nicht widersprechen, sagt mein Großvater dem Richter. Aber wieder gibt er zu bedenken, dass die NSDAP vor dem März 1938 eine verbotene Partei war. „Es war meine Pflicht, ihre Versammlungen aufzulösen, Waffen und Druckereitechnik zu beschlagnahmen, Fahnen herunterzuholen. Oberst Simmer hat uns dabei behindert, wie und wo er nur konnte."

8

DAS FALSCHE SPIEL

Das Rundschreiben, das mein Großvater als Major der Sicherheitsdirektion verfasst hat, liegt dem Gericht vor. Darin wird erklärt,
dass die Nationalsozialisten in Österreich, nach der Ermordung
von Bundeskanzler Dollfuß und nach ihrem gescheiterten Putsch,
erneut versuchen würden, an die Macht zu kommen. Es sei, wurde
allen größeren und kleineren Gendarmerie-Posten im Bundesland
mitgeteilt, mit weiteren Putschversuchen und mit Waffengewalt
zu rechnen. Alle Aktivitäten der Nazis seien daher genauestens zu
beachten und zu berichten.

Wenn entsprechende Meldungen aus den Gemeinden in Linz
vorlagen, wurden in der Sicherheitsdirektion in geheimer Bera-
tung Hausdurchsuchungen angeordnet. Vier Personen nahmen
an diesen geheimen Treffen teil: Oberst Dr. Spitzer, der Chef der
Sicherheitsdirektion, Major Pleschinger, Oberst Simmer und mein
Großvater. Am frühen Morgen des nächsten Tages rückten die
Mannschaftswagen aus, um nationalsozialistische Zellen auszuheben, Rädelsführer zu verhaften und Waffen zu beschlagnahmen.

Doch immer öfter, so sagt mein Großvater aus, kam es vor,
dass zum Zeitpunkt, als die Gendarmen an den angezeigten Ort
kamen, die Depots leer waren, die Waffen verschwunden, die
Propaganda-Materialien versteckt. „Die Räumungs-Unternehmen
wurden zu einer Blamage. Es bestand kein Zweifel, den Betroffenen musste die Aktion bekannt gewesen sein. Zu offensichtlich
waren die Spuren, die bezeugten, dass man die gesuchten Gegenstände in letzter Sekunde entfernt hatte."

Auch bei einem großen Waffenlager der Nationalsozialisten in

Steyrermühl, über dessen Existenz mehrere zuverlässige Hinweise vorlagen, war dies der Fall. Als die Beamten in großer Zahl anrückten, war kein Gewehr, keine Pistole, keine Munitionspackung zu finden. Ähnliche Szenen spielten sich bei Razzien in Bad Leonfelden, in Braunau, Bad Ischl und in Schwanenstadt ab, wo ein gleichzeitiger, überraschender Schlag gegen illegale Nazi-Umtriebe geführt werden sollte. Auch diese Hausdurchsuchungen blieben erfolglos.

Es gab damals, sagt mein Großvater dem Richter, keinen Zweifel, „unsere Arbeit gegen die Nazis wird sabotiert". Jemand musste die geheimen Beschlüsse verraten haben. Es seien unglaubliche Verdächtigungen im Raum gestanden. Aber nach einigen Kombinationen sei den dreien klar gewesen, wer der Informant war: „Es blieb nur Oberst Simmer übrig."

Warum er dann gegen ihn im Innenministerium in Wien keine Beschwerde eingebracht habe, wird mein Großvater gefragt: „Ohne feste Beweise konnten wir doch nichts gegen ihn unternehmen." Tatsächlich war es, wie nun in diesem Prozess rekonstruiert wurde, Oberst Simmer, der die in der Linzer Sicherheitsdirektion in geheimer Sitzung beschlossenen Aktionen gegen die Nationalsozialisten regelmäßig verraten hat. Mit Hilfe von Kurieren, die noch in der Nacht in die jeweiligen Orte losgeschickt wurden, erhielten seine Parteigenossen Kenntnis von den geplanten Durchsuchungen.

„Oberst Simmer hat die von ihm ein paar Stunden zuvor persönlich unterzeichneten Geheimbefehle verraten. Daran kann es keinen Zweifel geben." Anhand seiner Abschriften, die er mit nach Hause nehmen konnte, wurden die Boten in seiner Wohnung persönlich instruiert, Sieglinde Simmer sorgte für ein spätes Essen, dann fuhren die Boten los, mit dem Auto oder dem Motorrad.

Am andern Morgen betraten die ahnungslosen Gendarmen geräumte Keller und Wohnungen, und hatten keinerlei Handhabe gegen die Verdächtigen. Und jene Männer und Frauen, die man nach den Bestimmungen des österreichischen Gesetzes verhaften wollte, standen daneben und grinsten.

9

DER SCHÖNSTE TAG

Am Abend des 11. März 1938 hatte Bundeskanzler Schuschnigg im Radio seine Demission bekannt gegeben und gesagt: „Gott schütze Österreich!" Jetzt war für das Ehepaar Simmer die Stunde gekommen, ihr Traum war in Erfüllung gegangen. Am Samstag, dem 12. März 1938, überrollten deutsche Soldaten die Grenzen, Militärkolonnen und Panzer der Wehrmacht bewegten sich in Richtung Osten. Das war ein Anlass zum Feiern, Österreich hatte aufgehört zu existieren, bald würden auch das Sudetenland und die polnischen Teile Schlesiens ins Deutsche Reich heimkehren.

Schon in der Nacht von Freitag auf Samstag hatten Oberst Simmer und sein Adjutant, der noch illegale SS-Mann Dr. Eder, die Gendarmeriekaserne am Südtirolerplatz den SS-Männern geöffnet. Sie hatten sich über den Befehl ihres Vorgesetzten Dr. Spitzer, man dürfe keine einzige Pistole an die SS ausgeben, hinweggesetzt. Die Beamten waren von den rund hundert in die verschiedenen Kasernengebäude eindringenden SS-Leuten völlig überrumpelt, konnten sich nicht wehren und mussten die Waffen herausgeben. Am Morgen des 12. März hatte die SS die gesamte Kaserne unter ihre Kontrolle gebracht und die Gendarmen staunten nicht schlecht, dass die jungen Männer die nagelneuen Steyr-Pistolen, die doch gerade erst geliefert worden waren und von denen noch niemand Gebrauch machen konnte, in ihrem Gurt hatten.

Am Abend des 12. März traf Adolf Hitler in Linz ein. Die Innenstadt war schon am Freitag mit Hakenkreuzfahnen beflaggt worden. Am Hauptplatz, vor dem Rathaus, wurde der Führer des Deutschen Reichs begrüßt, Dr. Spitzer, oberster Sicherheitsbeamter des Landes, stand in der vordersten Reihe der Ehrengäste. Adolf Hitler schüttelte ihm die Hand und bedankte sich für den festlichen Empfang. Simmer, der zu diesem Festakt nicht eingeladen war, war wütend. Er hatte sich in letzter Sekunde unter das Empfangskomitee gemischt und stand in der Reihe hinter seinem Vorgesetzten. So verpasste er den historischen Handschlag mit dem ersehnten Gast. Es kränkte ihn tief. Später wurde im Rathaus Sekt ausgeschenkt und noch später trat der sichtlich bewegte Führer und Reichskanzler auf den Balkon und grüßte die inzwischen auf dem Linzer Hauptplatz versammelten österreichischen Volksgenossen als seine deutschen Volksgenossen. Die Linzer *Tages-Post* veröffentlichte am 14. März die Rede, darin heißt es:

„Als ich einst aus dieser Stadt auszog, trug ich in mir genau dasselbe gläubige Bekenntnis, das mich heute erfüllt. Ermessen Sie meine innere Ergriffenheit, nach so langen Jahren dieses gläubige Bekenntnis zur Erfüllung gebracht zu haben. *(Tosende Heilrufe.)* Wenn die Vorsehung mich einst aus dieser Stadt zur Führung des Reiches berief, dann muss sie mir damit einen Auftrag erteilt haben, und es kann nur ein Auftrag gewesen sein: Meine teure Heimat dem Deutschen Reiche wiederzugeben. *(Stürmische Heilrufe und Rufe: Sieg Heil!)* Ich habe an diesen Auftrag geglaubt, habe für ihn gelebt und gekämpft, und ich glaube, ich habe ihn jetzt erfüllt und ihr seid Zeugen. *(Neuerliche Heilrufe.)* Und ihr alle seid Zeugen und Bürgen dafür! Ich weiß nicht, an welchem Tag ihr gerufen werdet. Ich hoffe, es ist kein ferner. Dann habt ihr einzustehen mit eurem Bekenntnis und ich glaube, dass ich vor dem ganzen anderen deutschen Volk dann mit Stolz auf meine Heimat hinweisen kann. *(Stürmische Zustimmung.)*"

Die erlittene Schmach, von dem geliebten Führer nicht mit Händedruck begrüßt zu werden, hinderte Simmer an diesem Abend jedoch nicht daran, wiederholt zu bekennen, dies sei der schönste Tag seines Lebens. Noch in der Nacht ließ er, unter Zuhilfenahme eines von ihm in Auftrag gegebenen SS-Befehles, den sein Adjutant, Dr. Eder, ausgestellt hatte, den verhassten Vorgesetzten Dr. Spitzer festnehmen, seine Gattin mit zwei Mann SS-Bewachung unter Hausarrest stellen und ihre Wohnung durchsuchen. Einige weitere Verhaftete wurden in der Folge in das Konzentrationslager Dachau überstellt. Konfrontiert mit den von ihm am 13. März veranlassten Verhaftungen seines Vorgesetzten und seiner Kollegen, erklärt Simmer dem Gericht:

„Alle diese Befehle sind nicht von mir, sondern von der SS ausgestellt worden. Dass diese Befehle auf meine Veranlassung zustande gekommen wären, bestreite ich ganz entschieden. Ich hatte zu diesem Zeitpunkt gar keine Entscheidungsgewalt. Ich war doch der SS, und zwar dem SS-Sturmführer Dr. Eder unterstellt. Ich musste höchst widerwillig seine Befehle ausführen."

Die Öffnung der Kaserne, die Bewaffnung der SS, die Verhaftungen von Kameraden und all diese schrecklichen Vorwürfe, die er sich hier anhören müsse, seien nicht ihm, sondern seinem ehemaligen Adjutanten Dr. Eder anzulasten. Der Richter eröffnet dem Auditorium, dass man bedauerlicherweise SS-Hauptsturmführer Dr. Eder nicht als Zeugen befragen könne, weil er 1943 auf dem Russlandfeldzug gefallen war.

Dann fragt er Simmer erneut: Wenn er sich doch für die NSDAP so gar nicht interessiert habe, ja ihr gegenüber feindselig eingestellt gewesen sei, wieso er dennoch an dem Tag, an dem Adolf Hitler am Hauptplatz in Linz empfangen wurde, als „Nichteingeladener" dennoch dabei sein wollte, und wieso er diesen Tag als „den schönsten Tag seines Lebens" bezeichnet habe?

Simmer wird ärgerlich und laut: „Zu dem Empfang für Hitler wollte ich gar nicht gehen. Ich wurde von oben angerufen, dass ich dort zu erscheinen habe. Nach dem Empfangssekt bin ich nach Hause gegangen, da ich an diesem Tag meinen Geburtstag feierte."

Vielleicht habe er, das räumt er ein, „so etwas Ähnliches gesagt, dass es ein schöner Tag gewesen ist. Das hat sich jedoch lediglich auf meinen Geburtstag bezogen."

Am 19. März 1938, vier Tage nach Hitlers Rede am Heldenplatz in Wien, übernimmt Simmer das Kommando der Gendarmerie Oberösterreichs und wird höchster Sicherheitsbeamter des Bundeslandes. In den kleineren Gendarmerie-Posten im ganzen Land werden in den folgenden Tagen radikale Säuberungsaktionen durchgeführt. Jene den neuen Machthabern missliebigen Beamten verlieren ihre Arbeit oder werden im Rang heruntergestuft. Simmer sucht dafür mehrere der Dienststellen persönlich auf und greift energisch durch. Seine Zornausbrüche, seine Schreianfälle waren, wie Zeugenaussagen vielfach belegen, gefürchtet. Der neue Stil in der oberösterreichischen Gendarmerie war unmissverständlich: Alle Gendarmen des Landes sollten auf NS-Parteilinie eingeschworen werden.

Im Rahmen einer politischen Umschulung junger Offiziere Anfang Juli 1938 sagte Simmer in Wels: „Diejenigen Gendarmen, die den Nationalsozialisten gegenüber nur die Pflicht getan haben vor dem 13. März, die haben nichts zu befürchten. Den anderen kann nicht geholfen werden." Und bei einem Ausbildungsseminar in Kirchdorf an der Krems kündigte er den Rekruten an: „Eure Belobigungszeugnisse vor 1938 für eure Verdienste um Österreich, das werden eines Tages eure Anklageschriften werden."

So hat Simmer auf jüngere Kollegen Druck ausgeübt und sie dazu gedrängt, Mitglied der NSDAP zu werden. Einer dieser Rekruten aus Kirchdorf sagt vor Gericht: „Der Simmer hat die Politik der NSDAP zu seiner eigenen gemacht". Ein anderer Zeuge sagt aus, Simmer sei in dem Schulungskurs ein „scharfer Vertreter für die Nationalsozialisten" gewesen, jeder habe gewusst, er sei ein 150-prozentiger Parteimann. Und ein anderer widerspricht, der Angeklagte sei kein 150-prozentiger Nazi gewesen, sondern ein 500-prozentiger.

Wenn er sich diese Aussagen anhöre, wird Simmer ein weiteres Mal gefragt, so wäre es gut zu wissen, wie er selbst sein Verhältnis zur NSDAP beschreiben würde?

„Der Eindruck, dass ich mit dieser Partei sympathisiert habe", antwortet Simmer, „kann nur so entstanden sein, weil ich versucht habe, mich nach allen Seiten kollegial zu verhalten." Nur so könne irrtümlich jemand zur Ansicht kommen, er habe sich den Nazis besonders freundschaftlich verbunden gefühlt, oder er habe ein Nahverhältnis zur NSDAP gehabt. Er wird dann noch einmal laut: „Und das möchte ich auch noch sagen: dass ich andere zur Partei gezwungen habe, das ist eine Unwahrheit."

10

WEIGERUNG SICH KAMERADSCHAFTLICH
ZU STELLEN

Die Verhaftung seines Untergebenen, meines Großvaters, am 13. März 1938 angeordnet zu haben, bestreitet Simmer vor Gericht, obwohl alle Beteiligten anderes aussagen: „Ich habe am Telefon aus dem Innenministerium von Brigadier Herzog gehört, der Renoldner ist sofort festzunehmen und der Gestapo zu überstellen. Ich habe Major Renoldner daher mitgeteilt, dass Wien seine Verhaftung angeordnet hat."

Während sich mein Großvater in Schutzhaft befindet, bereitet Simmer dessen Überstellung in das Konzentrationslager Dachau vor. Er fordert bereits Ende März 1938 die Gendarmerie-Posten derjenigen Bezirke, in denen mein Großvater früher seinen Dienst getan hat, auf, „belastendes Material" gegen ihn zu sammeln. Es seien „alle Befehle und Anordnungen auszuheben und vorzulegen", die beweisen würden, dass „Major Renoldner vor dem März 1938 aktiv gegen Nationalsozialisten" vorgegangen sei.

Was Gendarmen aus verschiedenen Landgemeinden unter Vorlage der entsprechenden Schriftstücke vor Gericht einhellig belegen können, denn sie tragen Simmers Unterschrift, stellt der Angeklagte in Abrede. Er habe niemals belastendes Material gegen meinen Großvater sammeln lassen:

„Das alles ist eine Verleumdung!"

Er habe gegen ihn, erklärt Simmer, niemals Hassgefühle empfunden, das Gegenteil sei der Fall. Er habe seinen jüngeren Kollegen vor Gefängnis und Konzentrationslager beschützen wollen. Das sei die Wahrheit. Was ihm leider nicht gelungen sei.

„Ich war doch selber über den Verhaftungsbefehl von Brigadier Herzog erstaunt. Es war mir auch klar, dass ich einen Offizier gar nicht verhaften durfte. Es sei denn, ich hätte ihn bei der Verübung eines Verbrechens entdeckt. Der Befehl aus Wien kam mir selbst sonderbar vor. Aber ich konnte dagegen nichts machen."

Das Gericht befragt Brigadier außer Dienst Christian Herzog zu diesem Fall. Als ranghoher Nationalsozialist im Bundeskanzleramt in Wien ist er zum Zeitpunkt des Prozesses „wegen des Verdachtes illegaler nationalsozialistischer Betätigung" selbst in Haft, in einer Strafanstalt in Graz. Dorthin schickt man einen Kurier, der die Aussage persönlich protokolliert. Befragt über die Verhaftungen in Linz sagt Herzog aus, er habe den Namen Renoldner noch nie gehört.

„Da ich über die Personalstände in den einzelnen Bundesländern nicht im Detail informiert gewesen bin, konnte ich unmöglich die Verhaftung einer einzelnen Person verlangen. Das wäre dienstrechtlich auch gar nicht möglich gewesen." Dieser Aussage misst das Gericht eine hohe Glaubwürdigkeit zu. Für die Urteilsfindung wird sie eine wesentliche Rolle spielen.

Die Gegenüberstellung mit drei Beamten, die Simmer am 13. März 1938 vom Dienst suspendieren ließ, und die nun gegen ihn aussagen, verläuft ohne große Emotionalität. Denn die Offiziers-Kollegen Lungenschmid, Dr. Spitzer sowie mein Großvater hegen keine Rachegefühle. „Ich bin der Überzeugung", sagte Major Lungenschmid in der ersten Hauptverhandlung, „dass unsere Verhaftungen sicherlich von Brigadier Herzog in Wien genehmigt worden sind. Juristisch gesehen wurden wir daher durch das Bundeskanzleramt verhaftet. Aber der Vorschlag kann nur von Linz aus gemacht worden sein, weil die Generaldirektion in Wien den Sachverhalt aus eigener Wahrnehmung gar nicht kennen konnte. In Linz war nur der Beschuldigte maßgebend, daher kann die Verhaftung nur von Oberst Simmer aus veranlasst worden sein."

Dieser sprang auf und antwortete höchst erregt:

„Ich verstehe das Ganze hier nicht. Dass ich drei Offiziere der Gendarmerie aus meiner unmittelbaren Umgebung habe verhaften lassen, um Leiter des Gendarmeriekommandos zu werden, das bestreite ich entschieden. Ich habe bei der Verhaftung meiner Kollegen gegen meinen Willen gehandelt, aber leider handeln müssen. Niemals würde ich einem Offizierskollegen so etwas antun. Aber ich hatte leider diese ausdrückliche Weisung aus Wien."

Die beiden Richter widerlegen in ihrer Anklageschrift die Aussagen des Angeklagten. Sie nehmen auch darauf keine Rücksicht, dass Simmer vieles bestreitet und für alle ihn belastenden Aussagen eine ausweichende Erklärung parat hat. Auf dreizehn Seiten wird allein die Tätigkeit Simmers zwischen 1932 und 1938 dokumentiert und damit bewiesen, wie außerordentlich eifrig er als illegaler Nationalsozialist gegen den österreichischen Staat operierte. Das Gericht nimmt den Sachverhalt der mehrjährigen Spitzeltätigkeit als erwiesen an und begründet somit den Tatbestand des Hochverrats. Es wird hinzugefügt: Der Angeklagte sei keiner „schonenden Behandlung" würdig.

„Es kann nach all den Erhebungen keinem Zweifel unterliegen", so sagt es Richter Dr. Ransmayr, „dass es Oberst a. D. Simmer war, welcher eigenmächtig die Verhaftung des Majors Renoldner veranlasst" hatte, und zwar, wie festgehalten wird, „in gehässiger Weise." Simmer, so heißt es, hatte schon lange eine Abneigung gegen meinen Großvater, „wegen dessen christlicher Einstellung, und weil er als Offizier aus dem Mannschaftsstande hervorgegangen ist. Er sah auf die Kollegen aus der Mannschaft herab, konnte sich nicht kameradschaftlich stellen."

Dass es zur Verhaftung auf einen angeblichen Befehl aus Wien gekommen war, wie Simmer immer wieder betont, sei, so der Richter, unwahrscheinlich. Es habe sich gezeigt, dass „diese Verantwortung des Angeklagten offenbar unrichtig ist." Und weiter: „In Wien konnte man weder die Namen kennen noch über das politische Profil jedes Beamten in allen Bundesländern Ahnung haben. Und zudem waren die Länder in diesen Dingen selbständig, ohne Einflussnahme von Wien." Die Behauptungen des Angeklagten seien auch in diesem Punkt der Anklage nach allen Erhebungen als „wahrheitswidrig und unglaubwürdig" anzusehen. Im Falle von Major Renoldner sei, wie es im Urteil heißt, der „Schuldbeweis daher bezüglich der Haftnahme zweifellos erbracht."

11

FÜR EINE NEUE ORDNUNG

Am 3. Juli 1947 wird der Prozess unterbrochen und auf Oktober vertagt. Auch in der zweiten Hauptverhandlung, Ende Oktober, kommt es zu scharfen politischen Konfrontationen. Dann aber, am 6. November 1947, fällt das Volksgericht Linz das Urteil. Fast zwei Jahre hat der Prozess gegen Ewald Simmer gedauert, mehr als siebzig Zeugen sind gehört worden.

Das Volksgericht Linz verurteilt einen hochrangigen Sicherheitsbeamten der oberösterreichischen Gendarmerie. Oberst außer Dienst, Ewald Simmer, 67 Jahre alt. Er wurde nicht, das haben Dr. Spitzer und mein Großvater zu Protokoll gegeben, von Opfern des NS-Regimes vor Gericht gebracht. Wenn es nach ihnen gegangen wäre, so betonen sie, hätte man das Verfahren gegen ihren ehemaligen Kollegen nicht anstrengen müssen.

Der Strafprozess wurde vielmehr „von oben" angeordnet, nach den entsprechenden Ermittlungen der Alliierten durch das Gendarmerie-Zentralkommando im „Staatsamt für Inneres". Dieses klagt Ewald Simmer an, und zwar in einer „ersten Phase der Aufarbeitung nationalsozialistischer Verstrickungen in der österreichischen Gendarmerie".

Vier Jahre schweren Kerkers, verschärft durch ein hartes Lager vierteljährlich – so lautete der Urteilsspruch. Außerdem muss Ewald Simmer – seine Offizierswürde ist ihm aberkannt – die Prozesskosten tragen, auch sein gesamtes Vermögen wird „zu Staatsgunsten eingezogen".

Das Gericht, die beiden Richter und die drei Schöffen, sind einhellig zu dem Schluss gekommen, dass Ewald Simmer nach mehreren Paragrafen des österreichischen Verbots- und Kriegsverbrechergesetzes aus dem Jahre 1945 schuldig zu sprechen ist. Er hat, so steht es in dem Urteil geschrieben, „in der Zeit der nationalsozialistischen Gewaltherrschaft unter Ausnützung seiner dienstlichen Gewalt und aus politischer Gehässigkeit" mehrere seiner Amtskollegen „in einen qualvollen Zustand" versetzt. Hochverrat, Quälerei, Misshandlung – das kann, nach all den Zeugenaussagen, niemand bestreiten.

Dass Ewald Simmer im März 1938 bei der Verhaftung von mehreren Gendarmen der haupttätig Verantwortliche war, ist für das Gericht erwiesen, dass er für die Überstellung eines seiner Arbeitskollegen in das Konzentrationslager Dachau verantwortlich ist, kann ihm in einem Fall, das ist der meines Großvaters, zweifelsfrei, in anderen Fällen nicht mit letzter Sicherheit nachgewiesen werden. Ausdrücklich wird darauf hingewiesen, dass auch weitere Verhaftungen von Gendarmen im Sinne des Angeklagten waren, sein Mitwirken jedoch nicht in allen Details geklärt werden konnte. Hinzugefügt werden muss, dass mindestens in einem Fall auf die Verhaftung der Tod des Betroffenen die Folge war.

Für das Volksgericht ist weiters unstrittig, dass Ewald Simmer in der Zeit zwischen 1. Juli 1933 und 13. März 1938 der NSDAP angehört hat. Während dieser Jahre hat er sich für die NS-Bewegung betätigt, und dies „in besonders verwerflicher Gesinnung".

Richter Dr. Ransmayr schließt seine Urteilsverkündung mit der Bemerkung, dass das Strafausmaß wesentlich höher hätte ausfallen können. Als Höchststrafe sieht das Kriegsverbrechergesetz eine Haftstrafe von zwanzig Jahren vor. Im Falle des Angeklagten wurden aber bei der Strafbemessung mildernde Umstände bedacht: die angebliche bisherige Unbescholtenheit des Angeklagten, sein teilweises Geständnis und die Sorgepflicht für die Ehegattin. Weiters hat das Gericht das „außerordentliche Milderungsrecht nach § 265a" der Strafprozessordnung angewendet, das betrifft das „vorgerückte Lebensalter des Angeklagten". Dem Gericht erscheint, so ergänzt der Richter abschließend, die „Höhe des Strafausmaßes der Schuld des Angeklagten angemessen".

Stehend hatte Simmer die Verlesung des Urteils angehört, jetzt sah er sich im vollbesetzten Gerichtsaal um und sagte mit lauter Stimme zum Richter: „Ich bin unschuldig!" Die drei Schöffen, die über das Strafausmaß einstimmig votiert hatten, schüttelten den Kopf und sahen hinüber zu den beiden Richtern. Dr. Ransmayr hielt sich die Hände vor das Gesicht. Zum einen, weil er die Welt nicht mehr verstand, zum andern, weil er nichts anderes erwartet hatte. Er war es, der, bevor es zu der endgültigen Abfassung des Urteils kam, für ein wesentlich höheres Strafausmaß plädiert hatte.

Die Hände vor dem Gesicht? Nein, er weinte nicht, der Richter war vielmehr erleichtert, denn das Überprüfungsverfahren, das Simmers Anwalt nun anstrengen würde, konnte nicht auf seinem Schreibtisch landen. Ein Kollege müsste, so war es vorgesehen, nach der Beurteilung aus Wien das Verfahren zu Ende bringen. Dr. Ransmayr war erleichtert, weil er sich nicht noch einmal mit „diesem Lügengesindel, all den alten Nazis", den ehemaligen SS-, SA- und Gestapo-Männern, die er in diesem Verfahren kennen lernen musste, konfrontieren wollte. Er wollte einfach ihre Lügen nicht mehr hören, dass sie ein Opfer der Nachkriegsjustiz seien, obwohl sie sich während der Nazizeit auf Kosten anderer Vorteile verschafft hatten, bekanntlich war keiner dabei, niemand hat etwas gesehen, von Schuld kann keine Rede sein. Eine gigantische Amnesie, so war Dr. Ransmayr überzeugt, hat alle Nazis und ihre Sympathisanten befallen. All das wollte der Richter nicht noch einmal hören.

Er hatte in den letzten Wochen viel über das neue Österreich, die Entnazifizierung nachgedacht, und bei der Arbeit an der Abfassung des Schuldspruches für Ewald Simmer war ihm seine Arbeit als ein vielleicht kleiner, aber doch nicht unwesentlicher Beitrag für neue demokratische Verhältnisse in Österreich erschienen. Versöhnung ja, aber nicht um jeden Preis.

Nun aber rieb er sich die Augen, er starrte erschöpft auf den grünen Akt, der vor ihm lag, überflog noch einmal seine Zettel, von denen er eben das Urteil abgelesen hatte, und ordnete sie.

Jetzt, nachdem das Urteil gesprochen war, erschien ihm alles unkenntlich, die Schrift war verschwommen, Buchstaben, Worte waren nicht mehr zu entziffern, und so schob er den Stapel Papier rasch in eine Mappe, die er dann in seine Aktentasche steckte. Er erklärte die Verhandlung für geschlossen und verließ den Saal.

Hinten, neben der Eingangstür für Besucher, standen Simmers Ehefrau und seine Tochter, die sich die Tränen aus den Augen wischten. Zwei Justizwachebeamte führten den Verurteilten an ihnen vorbei, eine kurze Umarmung mit Mutter und Tochter wurde gestattet, dann aber ging es hinaus auf den Flur, dort standen einige Journalisten, die eine Erklärung von Simmer ergattern wollten. Bei dem gegenüberliegenden Ausgang des Saales zum Treppenhaus hatte sich eine Gruppe von älteren Männern in grünen Lodenmänteln versammelt, heftig gestikulierend. Sie waren, das konnte jeder sehen, äußerst erregt, sie empörten sich, dass der frühere Landesgendarmerie-Kommandant als Kriegsverbrecher bezeichnet und wegen Hochverrats verurteilt werden konnte.

Vier Jahre! Vier Jahre Gefängnis! Das war der Augenblick, wo sie sich schworen, diese Schmach, die ihnen die Justiz des neuen, ungeliebten Staates zugefügt hatte, nicht zu dulden. Eines Tages würde in Österreich jene Gesinnung, die dieser Richter verkörpert, geächtet werden. Nein, sie wollten ihren Hitler nicht zurückhaben, aber Dollfuß war in ihren Augen ein ehrenwerter Mann, ein guter christlicher Kanzler, und all das kommunistische, sozialistische, sozialdemokratische Gesindel sollte ausgerottet werden. Und dem inzwischen zum Oberst beförderten Gendarmen, der in diesem Prozess mehrfach als Zeuge gegen Simmer aufgetreten, aber bei der Urteilsverkündung nicht anwesend war, dem würden sie diesen 6. November 1947 noch heimzahlen.

12

BITTE UM EIN MILDES URTEIL

Wenn in späteren Jahren von dem Prozess die Rede war, sagte mein Großvater, er habe nicht erwartet, dass man von Simmer ein Eingeständnis seiner Schuld hören könne. Und doch hätte er gerne von ihm einen kleinen Satz gehört, eine kleine Bemerkung, eine winzige Erklärung wie: „Es tut mir leid. Ich bedauere den Kummer, den ich Ihnen bereitet habe." Von den vielen „Ehemaligen" waren in diesem Prozess nur zwei junge SA-Burschen bereit, eine Art Schuldgeständnis abzulegen, ihr eigenes Verhalten selbstkritisch zu kommentieren. Alle anderen sprachen sich mit leichter Zunge von jeglicher Verantwortung frei, gaben an, sie hätten nur auf Anweisung gehandelt, es sei ihnen nichts anderes übrig geblieben, es war dienstliche Pflicht, man musste die Familie ernähren und daher, aus beruflicher Notwendigkeit, der Partei beitreten, sie hätten sich aber nie für Politik interessiert und so weiter.

Einmal habe er nach seiner Entlassung aus dem KZ Dachau Oberst Simmer in der Straßenbahn gesehen, einmal auch auf der Straße.

„Ich habe gesehen, dass er auf mich zu kommt. Dass er mich sprechen wollte. Aber ich bin an ihm vorbei. Habe ihn nicht gegrüßt. Ich habe ihn ja als meinen Widersacher angesehen. Das war", gibt mein Großvater zu Protokoll, „vielleicht unhöflich."

Schon bei seiner ersten Einvernahme bittet er das Gericht, seiner Aussage eine „persönliche Erklärung" hinzufügen zu dürfen. Und sinngemäß wiederholt er diese in der ersten Hauptverhandlung:

„Ich habe Oberst Simmer schon während meiner Haftzeit für das Unrecht, das er an mir ausführte, verziehen und vergeben. Wegen mir braucht er nicht bestraft werden. Ich habe den Fall ja auch nicht zur Anzeige gebracht. Ich bin hier nur ein Zeuge in einem Prozess, den andere angestrengt haben. Ich bitte um eine milde Beurteilung des Angeklagten."

13

VON SELBSTMITLEID UND
UNSCHULDSVERMUTUNG

Der Prozess fand auch Beachtung in der Öffentlichkeit. Simmer hatte einen hohen Dienstrang, er war bei vielen Anlässen als Repräsentant der Gendarmerie anwesend, davon konnte man in den Zeitungen lesen. Während des Prozesses drehte sich die Stimmung. Anfangs bezeichnete man ihn dort als einen „hochverräterischen Nazigendarmerieoberst", der „einer der übelsten nazistischen Verräter" gewesen sei. Sein Prozess würde „die ganze Verworfenheit jener Menschen aufzeigen, die sich in der Nazizeit nicht hoch genug aufs braune Ross setzen konnten, um berufliche Karriere zu machen und dabei über Leichen zu gehen gewillt waren." Habe der Angeklagte am 12. März 1938 noch gesagt, „der Einzug Hitlers sei der schönste Augenblick seines Lebens" gewesen, so möchte er sich heute „von aller Schuld reinwaschen und sich auf Weisungen und Befehle seiner Vorgesetzten ausreden."

Aber dann änderte sich die Berichterstattung: Während die einen nach wie vor auf deutliche Worte des Gerichtes hofften, auf ein Zeichen im Sinne grundlegender demokratischer Erneuerung Österreichs und politischer Säuberung, versuchten die ehemaligen Nationalsozialisten, egal ob sie sich selbst in Haft befanden oder als Minderbelastete ohne Anklage davongekommen waren, Stimmung für ihren Gesinnungskollegen zu machen.

Simmer war also verurteilt. Er musste nicht ins Gefängnis gebracht werden, denn dort befand er sich schon, seit dem 12. Februar 1946. Acht Jahre davor, darüber wird er nicht nachgedacht haben, wurde auf seine Anweisung hin mein Großvater in eine

Zelle gebracht. Doch die Umstände der Gefangenschaft sind wesentlich günstiger: Dem Angeklagten sind die Paragrafen, mit denen das Gericht seine Verhaftung begründet, bekannt, er kann mit seinem Anwalt Strategien der Entlastung entwickeln, darf nach Bedarf seine Kleidung wechseln, Briefe schreiben so viel er will, man bringt ihm die Zeitung und Bücher in die Zelle, er darf sogar rauchen, und natürlich dürfen ihn seine Frau, seine Tochter, ja sogar Freunde regelmäßig besuchen und ihn mit Lebensmitteln versorgen, ohne dass er dazu einen Bittbrief schreiben muss. Niemand zertritt zornig Zuckerstücke und Kekse auf dem Boden, und keiner legt ihm eine Pistole, mit Hinweis auf eindeutige Verwendung, in seine Zelle.

Die wiederholten Eingaben auf „Haftverschonung" und „Haftmilderung", die seine Frau unter Hinweis auf die angebliche gesundheitliche Schwäche und mit Auflistung der zahlreichen Gebrechen ihres Mannes bei der Gefängnisleitung einreicht, werden von Mal zu Mal abschlägig beschieden. Ewald Simmer ist, so bestätigt der Gefängnisarzt nach wiederholten Untersuchungen, haftfähig.

Aber dann hat Simmers Anwalt, DDr. Gernot Schallmayer, die Stelle gefunden, an der er eine „Überprüfung" des Urteils beim Obersten Gerichtshof in Wien beantragen wird.

14

EINE KATASTROPHE VON
NIE DAGEWESENEM AUSMASS

Anwalt DDr. Schallmayer war überzeugt, einen Fehler in der Ur-
teilsbegründung gefunden zu haben. Das österreichische „Kriegsverbrechergesetz" von 1945 sollte alle jene Verbrechen erfassen,
die aus „politischer Gehässigkeit" oder „in Ausübung dienstlicher
Gewalt" begangen worden waren. Aber war das erwiesen? Der
Anwalt wusste, ein Einspruch gegen das Urteil eines Volksgerichts
war nicht zulässig. Aber es gab die Möglichkeit, eine „Überprüfung" durch den Obersten Gerichtshof in Wien zu verlangen, ob
die Auslegung des Gesetzes auch zutreffend war. Und DDr. Schallmayer wusste auch, dass viele Urteile der Volksgerichte von Wien
beanstandet wurden.

Die Strategie zu einer Korrektur des Urteils zielte auf einen
einzigen Punkt ab, nämlich den, ob man zweifelsfrei beweisen
kann, dass mein Großvater auf Simmers Anordnung verhaftet
worden war oder doch auf höhere Anweisung von Oberst Herzog
aus Wien. Im letzteren Fall hätte Simmer nur seine Pflicht getan.

In diesem Sinne beantragte DDr. Schallmayer im Januar 1948
eine „Überprüfung" des Urteils vom 6. November 1947. Nun musste sich der Oberste Gerichtshof in Wien mit den Anschuldigungen
gegen den in Haft befindlichen Offizier „außer Dienst" befassen,
und das Urteil des Volksgerichts prüfen. Das konnte, da es eine
Fülle solcher Anträge gab, dauern.

Gattin und Tochter berieten sich inzwischen mit Freunden,
was zu tun sei, um Simmer möglicherweise vorzeitig aus der Haft
zu befreien. Um alle Mittel auszuschöpfen, verfasste Sieglinde

Simmer auf Anleitung des Anwaltes einen Brief. Am 12. Februar 1948 brachte sie ein Schreiben an den österreichischen Bundespräsidenten Dr. Karl Renner zur Post, mit dem Ersuchen „um gnadenweisen Nachlass des Strafrestes meines Gatten."

Auf drei engzeilig beschriebenen Seiten präsentierte Frau Simmer ihren Mann als tragisches Opfer des nationalsozialistischen Regimes. Kurz nachdem Österreich zu existieren aufgehört hatte, so schreibt sie, sei auch seine berufliche Karriere beendet gewesen. Dadurch sei seine gesundheitliche Verfassung auf das Schlimmste beeinträchtigt worden. Tatsache ist, dass ihr Mann, der oberste Kommandant der Linzer Gendarmerie, Anfang 1939 in gleicher Funktion in das Bundesland Salzburg versetzt und dort noch im selben Jahr, nach offizieller Lesart aus gesundheitlichen Gründen, vorzeitig pensioniert wurde.

Es sei erwiesen, so berichtete Frau Simmer dem Bundespräsidenten in ihrem Brief, dass in all den ihrem Mann zur Last gelegten Vergehen er niemals auf eigene Verantwortung, sondern immer nur gezwungenermaßen, also auf Befehl von oben und gegen seinen eigenen Willen handeln musste. Die Verhaftungen von Offizieren der Gendarmerie am 13. März 1938, die man ihm in die Schuhe schieben wolle, habe keineswegs er zu verantworten. Er habe diese Verhaftungen auf Weisung aus Wien veranlassen müssen. Und das sei ihm beileibe nicht leicht gefallen.

Überhaupt habe er nach dem 17. März 1938 die Leitung der Sicherheitsdirektion nur zum Schein innegehabt, denn alle Befehle kamen, auch das sei ein Faktum, von jenem jungen SS-Sturmführer Dr. Eder, der, so sagte sie, äußerst mächtig war und über direkte Verbindungen in die Gauleitung verfügte. Ihr Gatte habe demzufolge, obwohl er seit Mitte März 1938 offiziell der oberste Sicherheitsbeamte das „Gaues Oberdonau" war, keinerlei Befehlsgewalt gehabt. Alle Entscheidungen habe er auf Anweisung der SS durchführen müssen. Der genannte Sturmführer Dr. Eder sei in vielen Fällen, die ihrem Mann nun angelastet werden, der in Wahrheit Schuldige. Frau Simmer erwähnte in dem Brief an Bundespräsidenten Dr. Renner nicht, dass Dr. Eder im Krieg gefallen war.

Dass ihr Mann für die NSDAP zu keiner Zeit Sympathie hegen konnte, das sei schon allein daraus ersichtlich, dass dreizehn Kreisleiter in Oberösterreich seine Absetzung verlangten. Tatsächlich versuchten sich mehrere Beamte in den Städten gegen den autoritären Stil Simmers zu wehren. Diese Angriffe aber hätten, so schrieb Frau Simmer, rein politische Gründe gehabt. Ihr Mann sei niemals ein NS-Sympathisant gewesen. Und wegen dieser maßlosen Hetze sei er schließlich in das „dienstlich bedeutend belanglosere Salzburg" versetzt worden. Diese „äußerst kränkende Verfügung nach Salzburg" habe sich bei ihrem Mann derart tief „in sein Seelenleben eingeschnitten", sodass er „im Zustande des damaligen Clymacteriums" einen „vollkommenen Nervenzusammenbruch" erlitten habe. „Stündlich war das Schwerste für ihn zu erwarten", ließ Frau Simmer den Bundespräsidenten wissen.

Eindringlich schilderte sie dem österreichischen Staatsoberhaupt, dass sich ihr Mann im März 1938 in einer eklatanten Notsituation befunden habe, in der er sich auf dringliches Anraten hoher NSDAP-Funktionäre höchst widerwillig dazu bereit erklärt habe, dergestalt in eine ihm fremde Rolle zu schlüpfen. So musste er für sich eine fiktive Biografie als äußerst strebsamer Nationalsozialist erfinden, der schon 1932 tüchtig für die Partei unterwegs gewesen war. Die zwangsweise angenommene Rolle und der unter solchen Umständen zustande gekommene, erfundene Lebenslauf werden ihm nun vorgehalten. Dabei sei doch an dieser biografischen Version kein einziges Wort wahr! Ihr Mann habe sein Leben lang immer gegen Nazis Stellung bezogen.

Abschließend wies Frau Simmer noch darauf hin, dass das korrekte und menschliche Verhalten ihres Mannes allgemein bekannt gewesen sei und dieses auch oft gewürdigt wurde. Er sei zudem immer ein überzeugter Österreicher gewesen, der nicht einer Partei, sondern dem Staat gedient habe. Hunderte von jungen Männern habe er zu braven, vaterländisch gesinnten Gendarmen erzogen. Und weiß Gott, wie viele schwierige Umstände er schon in seinem Leben zu bewältigen hatte! Frau Simmer zählte dann, wie sie es schon bei ihren Eingaben um Hafterleichterung getan hatte, auch in diesem Fall wieder eine lange Liste sämtlicher überstandener bzw. noch anhaltender Krankheiten ihres Mannes auf.

Sie beschließt ihr Bittgesuch mit einem bemerkenswerten Bekenntnis: „In Zeiten, die völligen Umsturz mit sich bringen, wo eine Katastrophe von nie dagewesenem Ausmaß über die ganze Menschheit und uns alle gerast ist, ist es nachher schwer zu erklären, daß einer in diesen Zeiten keinen Fehler gemacht habe." Ihr Mann jedoch, soviel stehe fest, habe keinen Fehler gemacht. Und daher sei er frei von jeglicher Schuld.

Der österreichische Bundespräsident Dr. Karl Renner, ein Sozialdemokrat, der noch im April 1938 für den Anschluss an Hitler-Deutschland votierte, hat das Gnadengesuch von Sieglinde Simmer erhalten und einige Wochen später abgelehnt.

15

DEN GEIST DES FASCHISMUS
RÜCKSICHTSLOS BEKÄMPFEN

(aus der Österr. Regierungserklärung
vom 21.Dezember 1945)

Doch dann kann man einen Jubeltag feiern. Am 23. Juni 1948 wird
in der Weissenwolfstraße Nr. 11 eine Sektflasche geöffnet. Gattin
und Tochter Simmer haben Sandwich-Brötchen gerichtet, ein Ku-
chen wurde gebacken, eine Handvoll Freunde darf an dem privaten Festakt teilhaben, auch Anwalt DDr. Schallmayer ist anwesend.
Der Anlass: Der Oberste Gerichtshof in Wien hat das Urteil des
Volksgerichts Linz überprüft und zurückgewiesen, genauer gesagt:
Es wurde „zu Teilen" revidiert.

Richter Dr. Ulrich Reutter aus Wien stellt fest, dass bei dem
vorliegenden Schuldspruch das Strafgesetz „zum Nachteil des Angeklagten unrichtig angewendet" worden sei. Und daher wird das
Urteil „im Schuldspruch, im Strafausspruch und im Ausspruch
über den Vermögensverfall" aufgehoben. Zur weiteren Präzisie-
rung und neuerlichen Verhandlung wird das Verfahren, das keineswegs beendet ist, nun wieder an das Volksgericht Linz zurück-
gegeben, zur weiteren Bearbeitung. DDr. Schallmayr erläutert den
Versammelten die Einschätzung des Obersten Gerichtshofes der
Republik Österreich, die sich auf zwei Behauptungen stützt.

Erstens: Nach allen dem Gericht vorliegenden Dokumenten
kann nicht mit endgültiger Sicherheit behauptet werden, dass
Ewald Simmer tatsächlich Mitglied der NSDAP war. Schuldig er-
kannt werden kann, wer einer der verbotenen NS-Organisationen
angehört hatte. Die Unterlagen über Simmers Mitgliedschaft seit
1932 wurden, wie in den NS-Akten vermerkt, vernichtet. Die eigen-

händig geschriebenen Anträge um eine neuerliche Aufnahme in die NSDAP von April 1938 sowie jene drei Ansuchen zum Eintritt in die SS aus den Jahren 1938 und 1939, auch die in diesem Sinne belastenden Zeugen-Aussagen sind als Beleg für eine tatsächliche NS-Mitgliedschaft untauglich. Für den Obersten Gerichtshof ist somit der Beweis, dass Simmer ein Mitglied der NSDAP war, nicht erbracht. Weder für seine Jahre als illegaler Nazi noch für seine Spitzeltätigkeit zugunsten der verbotenen Partei kann Simmer bestraft werden. Der Linzer Schuldspruch sei, so befindet das Gericht in Wien, rechtlich verfehlt. Was für eine Genugtuung für die Anwesenden!

Simmer, so wird hinzugefügt, wäre demzufolge nicht einmal „registrierungspflichtig" gewesen. Alle Österreicher, die Mitglied in einer der Organisationen der NSDAP gewesen waren, mussten sich, auf Befehl der Alliierten, „registrieren" lassen. Wer sich nicht bei den Behörden meldete oder in dem siebenseitigen Fragebogen falsche Angaben eintrug, machte sich strafbar.

DDr. Schallmayer triumphiert: „Es gibt keinen Mitgliedsausweis, also kann man den Herrn Oberst nicht einmal einen Minderbelasteten nennen. Er wäre nicht einmal registrierungspflichtig!"

Zweitens könne man Simmer auch wegen der Verhaftung seiner Arbeitskollegen nicht anklagen. Denn es liege in diesem Fall keine „Quälerei" oder „Misshandlung" vor. Nur wenn man jemand mit einer Verhaftung „in einen qualvollen Zustand versetzt oder empfindlich misshandelt", so heißt es im österreichischen Kriegsverbrechergesetz von 1945, dann wäre dieser schuldig zu sprechen. Mein Großvater wurde aber, wie der Oberste Gerichtshof zweifelsfrei feststellen kann, während seiner Untersuchungshaft nicht misshandelt. Eine bloße Freiheitsberaubung, so weiß man in Wien, könne man nicht als „qualvollen Zustand" bezeichnen.

Und weil darüber hinaus auch nicht letztendlich erwiesen sei, dass mein Großvater auf Betreiben von Oberst Simmer ins Konzentrationslager Dachau gebracht wurde, sei er auch in diesem Punkt nicht schuldig zu sprechen.

Es wird viel geweint an diesem Abend, diesmal vor Freude. Sieglinde Simmer umarmt die ebenfalls weinende Tochter, alle

lassen den tüchtigen Anwalt hochleben und loben sein Geschick.
Die Feierstunde in der Weissenwolfstraße ist mit Verlesung und
Erläuterung der Wiener „Überprüfung" nicht zu Ende, sie wird
noch bis in die frühen Morgenstunden dauern.

DDr. Schallmayer zieht nun die Fäden: In einem Brief an das
Volksgericht verzichtet Simmer darauf, etwaige Rückzahlungen
für seine Inhaftierung seit dem Linzer Urteil einzufordern. Und
so wird der Angeklagte, das Verfahren gegen ihn ist noch nicht
abgeschlossen, am 12. August 1948, nach zweieinhalb Jahren Untersuchungshaft, vorerst auf freien Fuß gesetzt.

In den Wochenendausgaben der Linzer Tageszeitungen vom
14./15. August 1948 kann man beinahe gleichlautend lesen, was
das Gericht der „Austria-Presse-Agentur" zu dem Fall mitgeteilt
hat. Die Leser erfahren, dass der Oberste Gerichtshof das Urteil
des Volksgerichtes aufgehoben hat. „Bekanntlich wurde Oberst
Simmer nebst Hochverrat auch zur Last gelegt, dass er in den
kritischen Märztagen des Jahres 1938 den damaligen Gendarmerie-
major Renoldner verhaftete, worin der Volksgerichtssenat das
Verbrechen der Quälerei und Misshandlung erblickte. Der Oberste Gerichtshof behauptete, dass die Verhaftung eines Menschen
keine qualvolle Handlung darstelle. Durch den Entscheid des
Obersten Gerichtshofes wurde Simmer auf freien Fuß gesetzt."

In dieser Darstellung wird das gesamte Verfahren auf zwei
Punkte reduziert: 1. Simmer war nie ein Mitglied der NSDAP. 2. Auch
an der Verhaftung meines Großvaters trägt Simmer keine Schuld.
Und weil also kein Grund für eine Verurteilung vorliege, werde der
Angeklagte aus dem Gefängnis entlassen. Oder anders gesagt:
Ewald Simmer war zu Unrecht im Gefängnis, mein Großvater hat
den Prozess verloren.

An diesem Samstag, 14. August, sind die Zeitungen rasch ver-
kauft, man telefoniert und erzählt sich die Neuigkeiten, und während sich die Einen freuen, macht sich bei den Anderen Bestür-
zung breit. Es ist vor allem eine Formulierung in der Zeitung, die
meinen Großvater besonders erbittert, dass eine Verhaftung keine
„qualvolle Handlung" darstelle.

Die Zeitungsleser, die mit der Materie nicht vertraut sind,

könnten denken, hier handle es sich um eine groteske Rivalität zweier älterer Herren, die einen Konflikt aus früheren Zeiten nicht vergessen können. Oder man versteht die Sache im umgekehrten Sinn, dass vielmehr mein Großvater „aus gehässigen Motiven" gegen seinen Kollegen vor Gericht gezogen sei, dass er den Älteren aus Rache und Neid schädigen wollte, dieser aber, gottseidank, nun zu seinem Recht gekommen sei. Die Berichterstattung hatte die Rollen vertauscht, die Begründung für eine vierjährige Haftstrafe sich in Luft aufgelöst, und der Angeklagte steht als Opfer eines Querulanten vor uns.

Die Berichte verfehlten nicht ihre Wirkung. In den nächsten Tagen spürte es mein Großvater am eigenen Leib. Auf der Straße, in der Straßenbahn, im Wirtshaus wird er wiederholt von alten Nazis angesprochen und verhöhnt. Er versucht sich zu wehren. Man hält ihm entgegen, er habe sich die Schande selbst zuzuschreiben, weil er es gewesen sei, der in gehässiger Weise gegen einen, wie nun von oberster Instanz bewiesen, durch und durch anständigen Offizier vor Gericht gezogen sei.

„Aber ich habe den Prozess doch gar nicht geführt!" Immer wieder wird mein Großvater diesen Satz sagen, aber auf eine Wirkung wird er vergeblich warten. Er kann sich mit der Umkehrung der Verhältnisse nicht abfinden. Dann macht er einen letzten Versuch, sich zu wehren. Am 4. November 1948 schreibt er einen Brief an das Gericht in Linz, er beklagt darin die irreführende Berichterstattung, die wiederholt zu „lautstarken Erörterungen meines Falles" geführt hätte. Es sei ihm nicht entgangen, schreibt er in dem Brief, dass seine Person „in den Nazikreisen einer scharfen Kritik unterzogen" worden sei. Dabei sei von ehemaligen Nationalsozialisten auch die Äußerung gefallen, man werde ihm ein weiteres Mal eine „quallose Verhaftung" und elf Monate Schutzhaft verpassen, sobald sich die Möglichkeit dazu ergebe, Konzentrationslager gebe es ja leider nicht mehr. Das Gericht, so beklagt mein Großvater, trage mit irreführenden Verlautbarungen dazu bei, dass Zeugen künftig eingeschüchtert und nur noch mit größter Vorsicht ihre Aussage machen würden, um nicht ebenfalls in einem Zeitungsartikel an den Pranger gestellt zu werden.

Mein Großvater bekommt Antwort. Man lädt ihn ein, ein weiteres Mal vor Gericht auszusagen, aber das schlägt er nun aus. Er habe bereits bei seiner Einvernahme und in der ersten Hauptverhandlung alles gesagt, was er zu sagen habe, Dokumente und Briefe lägen dem Gericht vor, er könne dem nichts hinzufügen. Nun ist der Moment gekommen, wo mein Großvater resigniert: Er muss sich damit abfinden, dass die Wahrheit niemanden interessiert.

Zuletzt sei erwähnt, dass zur Vorbereitung der dritten Hauptverhandlung, die im Herbst 1948 vor dem Volksgericht stattfinden soll, weitere Zeugen befragt werden. Simmer hat fünf Personen zur Vernehmung vorgeschlagen, darunter auch seine Ehefrau und seine Tochter. Erwartungsgemäß sagen die beiden bis in den Wortlaut dasselbe aus: Simmer habe die Verhaftungen der Kollegen auf Anweisung aus Wien vornehmen müssen. Er sei unschuldig. Ihr Mann habe darunter sehr gelitten, sagt Sieglinde Simmer bei der Einvernahme, den ihm so teuren und lieben Kollegen Renoldner zu verhaften. Auch ihre Tochter, wie die Mutter an diesem Tag nicht anwesend in Simmers Büro, macht fast wortwörtlich dieselbe Aussage. Das Gericht misst diesen Zeugen kein Gewicht bei, die Kürze des Einvernahme-Protokolls spricht eine klare Sprache.

Das Ende zeichnet sich ab: Eine dritte Hauptverhandlung wird angesetzt und bald darauf wieder abgesagt. Denn am 18. Dezember 1948 hat Ewald Simmer eine weitere schriftliche Erklärung abgegeben, im Falle der Einstellung des Strafverfahrens auf jedwede Entschädigungen für seine Haftzeiten zu verzichten. Damit ist das Gericht einverstanden. Und so wird schließlich am 23. Mai 1949 das Verfahren gegen Simmer eingestellt. Erst zwei Monate danach, am 15. Juli, berichten die Zeitungen, dass das Volksgericht „von der gesamten Anklage zurückgetreten" sei. Auch die Prozesskosten, die er nach dem ursprünglichen Urteil hätte tragen müssen, werden ihm jetzt erlassen, diese übernimmt der Steuerzahler.

Die Republik Österreich hat den fanatischen Nazi, den Gendarmerieoffizier Ewald Simmer von der Anklage jeglichen Fehlverhaltens freigesprochen, er ist ein unbescholtener Mann. Haus, Pelzmäntel und Silberlöffel verbleiben im Besitz der Familie.

III

Epilog

Zwölf Jahre nach dem Ende des Prozesses, im Herbst 1961, flog mein Groß-
vater, inzwischen „außer Dienst", in die USA. *Ein kostspieliges Unternehmen,*
aber der eifrige Karl-May-Leser wollte sich einen Wunsch erfüllen, Kalifor-
nien, den „wilden Westen", zu sehen, vor allem aber seine Schwester There-
sia und seinen Bruder Georg besuchen. Die beiden Geschwister waren nach
dem Ersten Weltkrieg, 1921, nach Amerika ausgewandert. Nördlich von
San Francisco hatten sie in der ersten Zeit bei einem Weinbauern Arbeit
gefunden. Georg war inzwischen in Sonoma „cellar-master" in dem von
ungarischen Winzern gegründeten Weingut Haraszty geworden, das heute
noch existiert. Gemeinsam mit seiner Frau Nancy lebte er in Sonoma, Kinder
hatten sie nicht. Theresia und ihr Mann Steven, er verdiente als Lastwagen-
fahrer für den Winzereibedarf zusätzlich etwas Geld, hatten es in Calistoga
zu einer kleinen Farm mit Wein und Gemüse gebracht. Ihre drei Töchter
waren erwachsen, eine von ihnen, Ann, wohnte noch im Haus der Eltern.

Von dieser und einer weiteren Reise meines Großvaters in die USA *be-*
richten die Erzählungen „Sehnsucht nach dem Sauwald" und „Enjoy the
sweet elysian grove oder Das Denkmal", die 2021 in dem Band „Fein vorbei
an der Wahrheit" veröffentlicht wurden.

Ann, die amerikanische Nichte meines Großvaters, die den Sohn einer
polnischen Einwandererfamilie, Wassyl Storkowicz, geheiratet hatte, schick-
te mir 1990 einen Brief. Und, auf meine Bitte hin, in der Folge auch einen
Bericht über das, was sie aus ihrer Zeit, als sie noch eine Studentin war,
über den Besuch ihres Onkels in Erinnerung behalten hatte. Sie erzählte von
den Ausflügen, die sie damals unternommen hatten, in die Rocky Mountains,
an den Lake Tahoe, an die Pazifik-Küste, auch von einem Abend im Opern-
haus von San Francisco war die Rede, wo sie, ihre Mutter und mein Groß-
vater, eine Aufführung von Verdis komischer Oper „Falstaff" besuchten.

Für den Epilog dieses Buches waren mir einzelne Passagen aus dem
43-seitigen in englischer Sprache verfassten Typoskript hilfreich. Darin ist,
wie eine Erzählung in Dialogen, eine längere Unterhaltung meines Groß-
vaters mit seiner Schwester Theresia aufgeschrieben. Das Gespräch fand am
4. Oktober 1961 im Restaurant „Hazelnut House" von Gualala in Kalifor-
nien statt – so steht es in der handschriftlichen Notiz von Ann Storkowicz
auf dem Titelblatt. Über den Zeitpunkt, wann Ann Storkowicz ihren Text
verfasst hat, habe ich keine Auskunft. Aber sie gab mir in dem Brief vom

12. Dezember 1993 das Einverständnis, ihre Aufzeichnungen zu verwenden.
Dies war vier Jahre bevor sie in Calistoga im Alter von 64 Jahren verstorben
ist.

Bevor Ann Storkowicz von den Szenen aus dem „Hazelnut House" be-
richtet, beschreibt sie im ersten Teil des Manuskripts die Ankunft meines
Großvaters in San Francisco – diese Passagen sind vermutlich zu einem
früheren Zeitpunkt entstanden. Dabei verwendet sie offenbar Schilderungen
ihres Onkels und zitiert aus Unterhaltungen, die sie mit ihm geführt hat.
Einige geringfügige Richtigstellungen waren notwendig, sie betreffen auch
Daten, Jahreszahlen und die korrekte Schreibweise von Namen und Bergen.
So war zum Beispiel der Verfasserin der Autor Jura Soyfer nicht bekannt,
auch nicht die entsprechende Textzeile des von ihm verfassten Dachauliedes.

AUS ANN STORKOWICZ' BERICHT

I   Ankunft

Der Anflug auf San Francisco sei fantastisch. Man sehe auf den Pazifik hinunter, verfolge die Steilküste, die langen Sandstrände, weit draußen entdecke man vielleicht ein helles Schiff auf dunklem Grund, weiße Schaumkronen, dann die Stadt, weitläufige Spiralen von Straßenkreuzungen, es war Abend, ein Lichtermeer, weiße und rote Kolonnen von den Lichtern der Autos, das dunkle Wasser nur einige Meter unterhalb, und dann sei das Flugzeug auf der Landebahn aufgesetzt. Applaus! Willkommen in San Francisco!

Wo er wohnen werde, wurde er von einem dunkelhäutigen uniformierten Grenzbeamten mit grauem Bart gefragt. Oder ob er weiterreise? Ob er Gold in die Vereinigten Staaten einführe? Ob er die Sowjetunion besucht habe? Einen Fotoapparat mit sich führe? Er habe diese Fragen nicht verstanden, erzählt mein Großvater seiner Nichte. Der Grenzbeamte zeigte auf die Kamera, die an einem Riemen hing, der quer über die Brust führte. Mein Großvater habe sie abgenommen und dem Beamten gereicht. Der habe die Seiten des Passes durchgeblättert, vor und zurück, schließlich das Visum gefunden, die eingeklebte Steuermarke und den Stempel geprüft. Dann habe mein Großvater dem Grenzbeamten den in englischer Sprache verfassten Zettel, den ihm seine Schwester geschickt hatte, gezeigt. Darauf stand ihr Name und ihre Adresse, die geplante Dauer des Aufenthalts, auch dass ihr Bruder den Boden der Vereinigten Staaten von Amerika zum ersten Male betrete, dass er abgesehen von seinen Kleidungsstücken nur einen Fotoapparat mit sich führe, er keine Krankheiten habe, dass er krankenversichert und seine Versicherung auch bei Reisen ins Ausland gültig sei, auch die entsprechende Versicherungsnummer war notiert, und dass sie garantieren könne, dass er in den USA keine Arbeit annehmen werde. Der Beamte überflog die Zeilen auf dem Blatt, nickte meinem Großvater zu, stempelte einmal, zweimal und ein drittes Mal in den Pass, auch auf seine Formulare und notierte die Fabrikationsnummer des Fotoapparates. Dann reichte er den Pass zurück und wünschte einen wunderbaren Aufenthalt in Kalifornien. „Thank you!", habe mein Großvater gesagt, unwillkürlich habe er die Absätze seiner Schuhe zusammengeschlagen und salutiert. Darüber musste er selbst lachen.

Theresia war mit ihren Töchtern Ann, Helen und Rosemary zum Flughafen gekommen. Lange umarmte sie, ohne ein Wort zu sagen, ihren Bruder. Ihm traten die Tränen in die Augen. Er schämte sich für seine unkontrollierte Gefühlsregung, drehte sich zur Seite und fuhr mit seinem Taschentuch über Gesicht und Augen. Aber der Tränenfluss war nicht zu stoppen.

„Ich bin einfach nur froh. Froh, dass ich heil wieder heruntergekommen bin", sagte er und küsste die Schwester mehrmals auf beide Wangen. Dann überfiel ihn ein Lachen. „Ich habe gedacht wir fallen herunter. Dann wäre alles vorbei gewesen." Wie von einem Krampf geschüttelt lachte er laut über den Vorplatz des Flughafens, er mochte sich kaum beruhigen. „Amerika. Das ist Amerika", wie ein kleines Kind rief er aus, „ich bin in Amerika!" Nun war es an Theresia, mit den Tränen zu kämpfen.

Er begrüßte seine Nichten, drei junge Amerikanerinnen, die rotweißrote Papierfähnchen in den Händen hielten, selbst gebastelt und bemalt. „Du bist Rosemary", sagte er zur Jüngsten, vierundzwanzig Jahre alt, deren rotblonde Zöpfe er von den Fotos in Erinnerung behalten hatte. Ein kräftiger Händedruck, das war das Gebot der Freundschaft, man hörte ein kleines knackendes Geräusch, das Mädchen verzog vor Schmerz das Gesicht.

„Nein Onkel, ich bin Ann!"

Während des Fluges hatte er die Familien-Fotos, die ihm Theresia aus den USA geschickt hatte, immer wieder aus der Jackentasche hervorgeholt, hatte die Fotos der Reihe nach durchgesehen, um sich die auf der Rückseite notierten Namen und die dazugehörenden Gesichter einzuprägen. Und nun hatte er es doch nicht geschafft. „Früher", sagte er, „als ich noch im Dienst war, wäre mir das nicht passiert. Ein Gesicht sehen und erkennen, wer die Person ist, das war selbstverständlich für unsereinen."

Die drei jungen Damen griffen nach den Gepäckstücken und liefen voraus, und er ging Arm in Arm mit seiner Schwester, die er vor sechsunddreißig Jahren zum letzten Mal gesehen hatte, über den Parkplatz vor dem Flughafengebäude.

„Du siehst blendend aus", sagte er zu Theresia.

„Du auch."

„Nein, nein. Schau mich an: Ich bin ein alter Trottel geworden. Ein Wunder, dass ich diese Reise überhaupt geschafft habe."

Theresia winkte ab.

„Nicht einmal die Namen deiner Kinder kann ich mir merken!" Sie setzte ein spöttisches Lächeln auf und fuhr ihm zärtlich mit einer Hand über seine Glatze.

„Nein, Du bist kein alter Trottel! Sag so etwas bitte nicht."

Auf einem „Highway", wie Theresia erklärte, gehe es nun Richtung Norden, sie überquerten die Golden Gate Bridge, aber man konnte weder von der Brücke noch von ihren Dimensionen etwas erkennen, sah nicht das Wasser darunter. Drüben, im Osten, flimmerten Lichter der Stadt.

„Rechts unten", sagte eine der Töchter, „aber das sieht man jetzt nicht, da liegt Alcatraz, die Gefängnis-Insel. Man diskutiert gerade darüber, das Gefängnis zu schließen und ein Museum daraus zu machen." Er könne sich nicht vorstellen, gab mein Großvater zu bedenken, dass sich jemand für ein Gefängnis-Museum interessiere. „Hast du etwas von Al Capone gehört, Onkel Alois?", fragte eine der Töchter. Er schüttelte den Kopf.

Ob sie denn richtige Amerikanerinnen seien, oder doch hoffentlich auch noch ein wenig Österreicherinnen, das wollte er von seinen drei Nichten wissen. Sie lachten über diese Frage, sie seien natürlich zu 100 % Amerikanerinnen, daran könne es keinen Zweifel geben, auch wenn sie zuhause meistens deutsch gesprochen hatten. Ann machte sich erbötig, sämtliche Namen der amerikanischen Präsidenten aufzusagen.

Österreich, das sei sehr weit weg, gab Helen zu bedenken. Aber eines Tages würden sie dieses Land, aus dem ihre Mutter gekommen war, sicher auch besuchen. Unbedingt. „Wir müssen nur noch einen schwerreichen Mann finden, der uns diese Reise bezahlt."

In den nächsten Tagen besichtigten sie San Francisco, die Golden Gate Bridge, sie fuhren nördlich der Stadt an der Küste hinauf, besuchten den Bruder Georg in Sonoma. Er führte sie durch die weitläufigen Kellergänge des Weingutes, erzählte von dem schlimmen Jahr 1927, als die „milliardenfache Vermehrung der Reblaus" fast alle Rebstöcke Kaliforniens vernichtet hatte. Dazu kam in den USA in den 1920er Jahren noch die „Prohibition", die jahrelange Kampagne gegen Alkohol, sodass bis 1929 mehr als 70 % der Weinbauern Kaliforniens ihre Existenzgrundlage verloren hatten. Georg zeigte ihnen noch sein „Erfolgsmodell", eine zweieinhalb Meter hohe, hölzerne Weinpresse, die er in Anlehnung an jene Mostpressen konstruiert hatte, die ihr Vater im Innviertel erzeugte. „Ich habe aber noch ein paar Raffinessen eingebaut", sagte Georg lachend und wies auf das in einen Balken eingeschnittene Monogramm G. R. hin. Natürlich gab es auch ein „wine-tasting", einige der berühmten Haraszty-Weine wurden probiert, meinem Großvater schmeckten vor allem die süßen Sorten.

Die drei Geschwister, die sich so viele Jahre nicht gesehen hatten, waren ausgelassen und euphorisch, sie feierten das Zusammensein. Viel war die Rede von ihrer gemeinsamen Zeit auf dem Bauernhof im Innviertel, Anekdoten aus der Kindheit wurden erzählt. Sie waren zwölf Geschwister, bescheidene Verhältnisse.

Wie es Brüdern und Schwestern, Verwandten, Freunden aus der Nachbarschaft ergangen sei, alles sollte erzählt werden. Die Gespräche kehrten immer wieder zu den Kriegsjahren zurück. Theresias Mann Ralph und Georg waren zur US-Army eingezogen worden, beide aber hatten Glück, sie mussten nicht an die Front nach Europa. Mein Großvater erzählte von seiner Zeit im Gefängnis, schilderte Szenen aus dem Prozess, für den sich die Geschwister besonders interessierten, und erzählte von seiner Rehabilitierung nach dem Krieg. Vieles davon hatte seine Frau Lini in ihren ausführlichen Weihnachtsbriefen nach Kalifornien berichtet.

Auf einer dreitägigen Rundfahrt, die Theresia mit ihrem Bruder und ihrer Tochter Ann unternommen hatte, kamen sie nach Sacramento, sie fuhren mit einem Ruderboot über den Lake Tahoe, und dann ging es weiter bis nach Nevada, nach Reno. Auf der Rückfahrt saßen sie in einem imposanten Speisesaal des Restaurant *Hazelnut House* in Gualala am Pazifischen Ozean, und mein Großvater verzehrte zum ersten Mal in seinem Leben einen Krabbencocktail. Man konnte auf das Meer hinausschauen, die Möwen beobachten, die um die kleinen Felsspitzen, gegen die Welle um Welle schlug, herumkurvten. Sie diskutierten, ob es richtig sei zu sagen, dass Möwen durch die Luft segeln oder fliegen oder besser noch: schweben?

„Denkst du oft an Fritz?"

Theresia nickte. Viele Briefe waren in den Jahren zwischen Kalifornien und Österreich hin und her gegangen. Noch einmal erzählte er, was sie ja wusste, wie Fritz, ihr Bruder, von einem Autobus, der mit erhöhter Geschwindigkeit auf einen Gehsteig gerast war, an eine Hausmauer gedrückt und getötet worden war.

„49 Jahre! Er war 49 Jahre alt. Und Stefan und Max. Ihre Namen kannst du bei uns zuhause auf dem Friedhof lesen. Sie starben den Heldentod, im Osten. Auch ihre Bilder sind am Grabstein, in Uniform."

Sie habe die Todesanzeige erhalten, sagte Theresia. Dann, mit einem Mal, fing sie an, heftig zu schluchzen. Ein richtiger Weinkrampf, man konnte sie kaum beruhigen. Ann nahm ihre Hand, redete auf sie ein, umarmte sie, flüsterte ihr etwas ins Ohr. Es war nicht nur der Tod der drei verstorbenen Brüder, der sie so erschütterte, es war vielmehr die Erinnerung an ihre erste Zeit in Kalifornien.

„Das Heimweh nach Österreich hat mir das Herz zerrissen", sagte Theresia. „Es war so schrecklich, fern von der Familie zu sein, von euch, Eltern, Geschwistern. Ich habe jeden Tag in mein Tagebuch geschrieben, ich kann hier nicht leben. Ich kann hier nicht leben. Jeden Tag. Bringt mich bitte wieder nach Hause! Solches Zeug." Sie habe ihre Entscheidung für Amerika in den ersten Jahren tausende Male bitter bereut. „Aber es gab ja kein Zurück. Wir hatten Schulden, nichts als Schulden." Mehrere Male habe sie überlegt, sich das Leben zu nehmen.

„Ich habe mich immer schuldig gefühlt. Und gleichzeitig habe ich nicht gewusst wofür? Weil ich die Familie verlassen habe? Nur weil ich Georg in der Nähe hatte, habe ich das überlebt. Das haben wir, das hast du Georg zu verdanken, dass ich jetzt mit dir hier sitzen kann. Er hat immerzu geschuftet wie ein Ochse. Und war immer für mich da. Ohne ihn hätte ich es nicht geschafft." Auch das Gebet habe ihr immer geholfen. „Oder sagen wir, fast immer."

„Glaub mir, auch bei uns zuhause war es zum Heulen."

„Du denkst an das Konzentrationslager."

„Nein. Ich denke an den Tag, als die Nachricht kam, dass Karl gefallen war. Unser jüngster Sohn. Er war 23 Jahre alt, ein strammer Offizier. Da konnte ich nicht mehr. Alles war sinnlos geworden. Am 16. August 1943 ist der Karl gefallen. Ich denke jeden Tag an ihn, jeden Tag. Er liegt auf einem russischen Soldatenfriedhof. In Nowaja-Berisofska. Wie soll ich dort hinkommen?

Ich hatte immer den Gedanken: Wieso liege nicht ich dort in der Erde, und er ist am Leben? Er war so, wie ich gerne gewesen wäre, als ich jünger war. Wieso liege ich nicht dort?"

„Und Betti? Wie hat sie das überstanden?"

„200 schriftliche Beileidsbekundungen haben wir erhalten. Viele liebenswürdige und tröstliche Briefe. Viele unterschrieben mit ‚Heil Hitler'."

„Kondolenzpost mit Heil Hitler?"

„Aus Warschau kam, zollfrei, sechs Wochen nach Karls Tod, sein Koffer an. Den er Monate zuvor in irgendeiner Garnison in Polen zurücklassen musste. Aber es waren nur unwichtige Gegenstände drinnen, nicht seine Taschenuhr, seine Geldtasche, nicht die Briefe, keine Fotos und nicht seine Pistole. Habe ich also Briefe nach Berlin, nach Warschau geschrieben, überall hin, sie möchten mir bitte die Handfeuerwaffe meines Sohnes, die sein Privat-

eigentum war, zustellen. Die Uhr, ein Geschenk der Mutter, sein
Portemonnaie, Notizbücher, Briefe und ähnliches. Aber es kam
nichts. Wahrscheinlich liegt das alles in russischer Erde vergraben.
Nur das Ritterkreuz des Eisernen Kreuzes, das sie ihm nach seinem
Tod verliehen haben, das haben sie mir überreicht. Im Dezember
1943, bei einer Gedenkfeier."

„Nach seinem Tod?", fragte Theresia. „Für seine Tapferkeit?
Ein Orden nach dem Tod?"

„Es ist ein Ritterkreuz mit Eichenlaub und Schwertern, am
weiß-roten Band."

„Am weiß-roten Band – ja und?"

„Das ist eine der höchsten Auszeichnungen, die man als Soldat
bekommen kann. Ich war, im Moment, noch einmal richtig stolz
auf meinen Sohn."

„Wegen dem Ritterkreuz?"

„Er wäre auch stolz gewesen."

„Auf einen Orden von Adolf Hitler."

„Ein Ritterkreuz, auch ohne Adolf Hitler."

„Hat dir dein Sohn etwas davon erzählt, dass er bei der Wehrmacht benachteiligt wurde, weil sein Vater im KZ war?"

„Ja. Die NSDAP hat gegen seine militärischen Auszeichnungen
interveniert. Mehrmals. Weil ich ja ein KZler war. Aber die Wehr-
machts-Leitung hat gesagt, das interessiert sie nicht."

„Und deine Töchter, deine anderen Söhne, die auch im Krieg
waren?"

„Martha, meine jüngere Tochter, eine tüchtige Ärztin heute,
sie hat damals ihren Studienplatz verloren, an der Universität in
Wien. Meine Söhne waren an der Front. Natürlich war das den
Behörden bekannt, dass ich ein ‚politisch unzuverlässiges Subjekt'
bin. Aber ich hab mit niemandem mehr über Politik gesprochen.
Über gar nichts. Ich musste bei meiner Entlassung in Dachau den
SS-Leuten schwören, dass ich nichts davon erzähle, was ich hier
erlebt habe."

„Und an den Schwur bei den SS-Leuten, an den hast du dich
auch gehalten."

„Ja.“

„Ein Schwur, klar!“

„Ja, das habe ich in Dachau geschworen. Dass ich nichts davon erzähle. Ich musste das schwören. Alle, die Dachau verlassen haben, mussten das schwören.“

„Und du hast niemandem erzählt, wie man dich in Dachau behandelt hat?“

„Was weißt du denn von Dachau?“

„Aus den Zeitungen. Wir haben viel darüber gelesen. Diese Fotos vergesse ich nicht. – Und Lini, deiner Frau, der hast du auch nichts erzählt?“

„Nein, nicht einmal der Lini. Nur dass es schlimm war.“

„Schlimm?“

„Bitte, Resi, es hätte mir doch niemand geglaubt.“

„Soll ich dir zeigen, was in unseren Schulbüchern über die deutschen Konzentrationslager steht?“

„Danke, Resi, ich brauche keinen Unterricht! Ich will Dachau nur vergessen. Aber es gelingt mir nicht. In den Träumen holt es mich ein. Immer wieder. Dass SS-Männer mich anschreien, ich soll dies und jenes tun, aber ein bisschen plötzlich! Aber ich weiß gar nicht, was sie von mir wollen, ich weiß nicht, was ich tun soll. Und sie werden immer aggressiver, brüllen mich an, gestikulieren, aber ich verstehe sie nicht, weiß nicht, was sie mir befehlen, weil ich ihre Sprache nicht verstehe. Soll ich mir das alles auch im wachen Zustand durch den Kopf gehen lassen? Nein, mir machen die Träume genug zu schaffen.“

„Hast du den Simmer wieder getroffen?“

„Natürlich habe ich ihn gesehen. Im Theater, auf der Straße. Einmal saß er mir in der Straßenbahn schräg gegenüber. Er hat mir freundlich zugenickt. Ich bin sofort aufgesprungen und zur Tür, bei der nächsten Station bin ich ausgestiegen. Er auch. Er ist mir nach, aber ich war schneller.“

„Du bist immer noch gut trainiert.“

„Das ist vorbei. Früher war ich mit den Kindern auf allen Bergen im Salzkammergut, am Dachstein, im Toten Gebirge, am

Traunstein und so weiter. Diese Bergtouren mit der Familie gehören zum Schönsten in meinem Leben.“

„Dabei sagt man doch, dass die Nazis solche Naturburschen
waren, dass die es sind, die immerzu in die Natur ... und wandern
mussten, *im Frühtau zu Berge,* und die immer diese Lieder singen
mussten.“

„Der Simmer ist um einiges älter als ich. Der kann halt nicht
mehr so. Er saß mehr als zwei Jahre im Gefängnis.“

„Tut er dir leid?“

„Das war vielleicht ein jähzorniger Kerl! Er hat einen wüst
angefahren, wegen einer Lappalie. Mit allen hat er herumge-
schrien, wenn ihm etwas nicht gepasst hat. Aber so hat er es sich
auch mit allen vertan.“

„Deswegen tut er dir leid.“

„Wenn du es hören willst, ja. Der Simmer kann einem schon
leidtun. Die Nazis, für die er sich so ins Zeug gelegt hat, konnten
ihn nicht leiden. Die Gestapo-Leute haben Witze über ihn gemacht. Nicht einmal bei der SS haben sie ihn aufgenommen, obwohl er dreimal einen Antrag gestellt hat. Dreimal! Seit seiner
Jugend hat er einen germanischen Größenwahn gehabt. Und seine Frau, aus Schlesien, die hat vom deutschen Herrenmenschen-
tum (*master race*) geschwärmt. ‚Der schönste Tag in meinem Leben‘
– das war der 12. März 1938 – solche Sätze hat der gesagt. Da war
der Hitler am Hauptplatz in Linz. Und der Simmer darf ihm nicht
die Hand schütteln. Er steht in der zweiten Reihe. ‚Der schönste
Tag in meinem Leben.‘ Das hat ihn vor Neid und Eifersucht fast
wahnsinnig gemacht.“

„Warst du beim Empfang von Hitler?“

„Nein, ich war zuhause. Aber der Simmer war dabei. Nur dass
der Spitzer, sein Vorgesetzter, dass der dem Führer die Hand geschüttelt hat, und nicht er, an diese Schmach wird er wahrscheinlich noch an seinem Sterbebett denken. Wenn er nicht schon
gestorben ist. Wer weiß, ob der Simmer überhaupt noch lebt?“

„Bestimmt lebt er noch. Willst du ihn vielleicht treffen?“

„Und erst seine Versetzung nach Salzburg. Kein Wunder, wenn

nicht einmal seine Parteigenossen in der nazifreundlichen Stadt Salzburg einen Linzer Nazi leiden konnten. – Mich hat der Simmer oft wie einen Schulbuben behandelt. Oder besser gesagt: Wie den letzten Dreck."

„Hat dich einmal jemand beglückwünscht, dass du dich damals nicht mit den Nazis eingelassen hast?"

„Beglückwünscht? Weil ich im KZ war?"

„Du verstehst mich nicht. Man könnte sagen, ich, zum Beispiel: ICH bin stolz auf dich, weil du nicht bei den Nazis mitgemacht hast. Das kann ich doch sagen. So viele Leute haben mitgemacht. Auch wegen harmlosen, kleinen Vorteilen. Du aber nicht."

„Ich hab oft gemerkt, dass es die Leute verlegen macht. Wenn ich ihnen gesagt habe, dass ich im März 1938 meine Arbeit verloren habe, haben sie weggeschaut. Wenn ich ihnen gesagt habe, dass ich ein halbes Jahr in Untersuchungshaft war, sagten sie: Oh Gott, Sie Armer. Wie hat Ihre Frau das nur ausgehalten? Und wenn ich gesagt habe, dass ich in Dachau war, haben sie die Hand vor den Mund gehalten und haben nichts mehr gesagt. – Ich sehe nichts, wo dein Wort ‚stolz' hinpassen würde."

„Dann halt nicht."

„Sie fühlten sich irgendwie schlecht, es war ihnen unangenehm. ‚Mein Beileid' haben sie wahrscheinlich gesagt, oder sowas ähnliches. Wie bei einem Begräbnis."

„Du hast dich jedenfalls nicht von den Nazis beeindrucken lassen."

„Ich kann es oft nicht begreifen, dass ich das KZ überlebt habe. Warum ich? Es sind so viele dort gestorben, die ich kannte, die jünger, kräftiger waren als ich. Aber ich habe es überlebt … *Denn wir haben die Losung von Dachau gelernt und wurden stahlhart dabei. Bleib ein Mensch, Kamerad, sei ein Mann, Kamerad …*"

„Stahlhart bist du geworden?"

„Das Dachau-Lied. Von Jura Soyfer, ein Schriftsteller hat es geschrieben. Er war mit mir in Dachau. Auch ein Politischer. Im Block nebenan. Kommunist. Er ist gestorben, wurde umgebracht, später, nicht in Dachau. Wir singen sein Lied, wenn wir uns tref-

fen. Die ehemaligen Häftlinge aus Dachau, jedes Jahr treffen wir
uns … aber ich fürchte, du verstehst das nicht."

„Ihr trefft euch jedes Jahr in Dachau?"

„Ja. Wir überlebenden Häftlinge. Unsere Lagergemeinschaft.
Ich möchte die Kameraden wiedersehen … soweit sie noch am
Leben sind."

„Und dann erzählt ihr euch gegenseitig alle schrecklichen SS-
Geschichten von A bis Z noch einmal?"

„Die müssen *wir* uns nicht erzählen. Wir wissen ja, was in
Dachau passiert ist. In der ersten Zeit danach habe ich viel darüber
gelesen, habe mir Bücher besorgt, ich wollte alles genau wissen,
wie dieses KZ-System funktioniert hat. Darüber unterhalten wir
uns, zum Beispiel. Aber jetzt will ich alles nur vergessen. Nicht
mehr daran denken.

Ja, wir fragen uns, was aus diesem und jenem geworden ist. Es
sind viele gestorben, die in ähnlicher Lage waren wie ich. Den
anderen, die nicht in Dachau waren, denen kann ich das nicht
erzählen."

„Eine gute Einstellung?"

„Wenn ich zu jemandem gesagt habe, ich war im Konzentrationslager, dann habe ich immer sofort gesehen, aha, er überlegt,
ob ich ein Jude bin – oder ein Bolschewist. Es entstand immer so
eine Verlegenheit. Die Leute, die nie eines von innen gesehen
haben, können mit dem Wort KZ nichts anfangen. Sie wissen nur,
es muss etwas Fürchterliches gewesen sein. Das war es ja auch!
Da sind sie immer ganz betreten. Damit wollen sie natürlich nichts
zu tun haben. Sie wissen auch nicht, was dort wirklich geschehen
ist. Aber jetzt, der Krieg ist vorbei, die KZs sind aufgelöst, alles ist
gut. Und niemand fühlt sich schuldig. Und doch spüren die Leute
irgendwo so ein dumpfes Unwohlsein. Das macht es schwierig.
Verständlich. Aber diese Mischung aus Scham und schlechtem
Gewissen ruiniert jedes Gespräch.

Aber das Beste kommt erst, und das glaubst du jetzt nicht:
Wenn ich gesagt habe, dass ich im Frühjahr 1939 wieder aus dem
KZ entlassen wurde, dann sind meine Gesprächspartner irgendwie

enttäuscht gewesen. ‚Schon 1939?', fragen sie, und es klingt so, als ob sie der Meinung sind, ich hätte gefälligst bis 1945 drinnen bleiben sollen. So einer wie ich, der nur ein halbes Jahr im KZ war, das ist irgendwie nichts Richtiges. Mit dem muss man kein Mitleid haben.

Sollte ich ihnen sagen, dass sie mich eine rote Drecksau genannt haben? Dass ich eine Schande für Deutschland sei, weil ich für Österreich, für diese Fehlgeburt, wie sie sagten, eingetreten bin? Wie die Kommunisten. Und dass dieses Österreich glücklicherweise endlich krepiert ist. Dass ich von Glück reden könne, überhaupt noch am Leben zu sein.

Wem sollte ich denn das erzählen? Es hätte doch niemand verstanden."

„Das kann man auch nicht verstehen."

„Jedes Gespräch darüber ist erbärmlich. Es gibt Bücher, die kann jeder, der es wissen will, lesen. Auch meine Kameraden erzählen mir, dass sie mit niemandem darüber sprechen können, was Dachau für sie war.

Es war meine Pflicht, vor 1938, die Nationalsozialisten zu verhaften. Die Partei war verboten. Mein Amtseid. Ich hätte, wenn ich als Polizist auf die Verfassung des Dritten Reiches vereidigt worden wäre, dann hätte ich auch in diesem Staat meine Pflicht getan."

„Das meinst du doch nicht im Ernst?"

„Wenn ich einen Eid geschworen hätte …"

„Aber du bist im März 1938 im Gefängnis gesessen. Dich und all die anderen zu verhaften, das war eine der ersten Aktionen des neuen Staates. Wo hättest du denn diesen Eid schwören können, als Häftling der Nazis? In ihrem Gefängnis?

Wie kannst du sagen, du hättest auch im Dritten Reich deine Pflicht getan? Dieses Reich hat dich zu seinem Feind erklärt, hat dich monatelang gequält, gedemütigt … dich und deine Frau, deine Familie."

„Du willst mich nicht verstehen."

„Dann hättest du also gemeinsam mit dem fanatischen Nazi

Simmer, der dich verhaften hat lassen, Dienst für Adolf Hitler
gemacht? Die gleichen Befehle, die der Simmer, die Gestapo und
die SS-Leute und all die anderen … Mörder … sag das jetzt bitte
nicht!"

„Wenn einer auf die Gesetze eines Staates vereidigt wird …"

„Du bist von zwei SS-Männern verhaftet und in ein Gefängnis
gebracht worden! Und dann in ein KZ."

„Ein Amtseid ist ein Amtseid."

„… aber du hast ihn ja nicht geschworen. Hitler hat dich ein-
kassiert. Ein Staatsfeind ist vogelfrei. Oder willst du vielleicht
sagen, dass deine Inhaftierung, dass das alles nur ein Missverständ-
nis war? Und dass zwischen dir und dem Simmer gar kein Unterschied ist?"

„Manchmal habe ich das gedacht, ja. Dass der Unterschied
zwischen dem Simmer und mir nicht sehr groß ist."

*An dieser Stelle beschreibt Ann Storkowicz, dass das Gespräch mehr-
mals unterbrochen wurde, weil ihre Mutter heftig weinen musste.
Einmal habe ihr Onkel versucht, die Hand der Schwester zu halten,
zu streicheln, um sie zu beruhigen, aber sie habe sie ihm wieder
entzogen, sei aufgesprungen und wütend hinausgelaufen. Ann habe
versucht, ihre Mutter zu beruhigen. Nach fünfzehn Minuten seien
sie zurück an den Tisch, beide mit verweinten Augen. Theresias
erster Satz danach sei sarkastisch gewesen:*

„Das ist ja ein tolles Wiedersehen!"

Nach einer längeren Pause sagte ihr Bruder: „Es gibt schon
einen Unterschied zwischen dem Simmer und mir, einen wesentlichen: Ich bin halt nicht so ein dermaßen verlogenes Charakterschwein (*bastard*) wie er."

„Und für dieses dermaßen verlogene Charakterschwein, das
dich und viele andere ins KZ gebracht hat, hast du vor Gericht um
Milde gebeten?"

„Wenn er nur einmal, ein einziges Mal ein aufrichtiges Wort
gefunden hätte. Dass es ihm leid tue, oder irgendetwas Ähnliches.

Das hätte mir genügt. Aber er hat vom ersten Moment an nur gelogen und alles abgestritten. Wie ein trotziges Kind, das Angst hat, erwischt zu werden, und immer weiter und immer weiter lügt und lügt und lügt."

„Aber er hatte damit Erfolg."

„Das Leben von Simmer besteht nur aus Lügen. Er glaubte sie zuletzt selber. Das war kein Schauspiel mehr. Es war wie eine Verwandlung, er wurde ein anderer."

„Du warst ja nicht der Einzige, den er ins Gefängnis oder ins KZ gebracht hat. Andere sind zu Tode geprügelt worden in der Polizeihaft, hast du erzählt. Umso unverständlicher ist für mich, dass du das Gericht um ein mildes Urteil gebten hast!"

„Ich habe ihm verziehen, schon in Dachau. Simmer war ein Halunke. Aber es tat mir dann irgendwann nicht mehr weh. Ich hatte keine Rachegelüste. Er saß vor mir auf der Anklagebank, 67 Jahre alt, ich dachte manchmal: Macht Schluss mit der Geschichte! Lasst ihn nach Hause gehen. Es ist alles bekannt, was geschehen ist, es ist alles sonnenklar."

„Weil du katholisch bist."

„Vielleicht. In der Bibel steht …"

„… liebe deine Feinde. Und wenn dich einer ohrfeigt, dann halte ihm die andere Backe hin. Mein Gott, wer kann so etwas verstehen?"

„Man kann es nicht verstehen. – Drum ist es auch besser, wenn wir uns jetzt wieder darüber unterhalten, ob diese Möwen da draußen fliegen, segeln oder schweben, oder du erzählst mir etwas vom kalifornischen Weinbau oder sonst irgendetwas."

„Hast du mit deinen Kindern über das KZ gesprochen?"

„Sollten sie mich bedauern?"

„Ja, dann bedauert man einen eben."

„Und was hat man davon? Ändert das etwas daran, von dem, was man erlebt hat? Ich bin kein Opfer Hitlers. Mich muss keiner bedauern."

„Es könnte deine Kinder vielleicht interessieren."

„Soll ich meinen Kindern erzählen, dass sich ihr Vater von

dahergelaufenen jungen Burschen ohrfeigen und in den Dreck
werfen lässt?"

„Du warst kein Nazi. Das sollten deine Kinder wissen. Sie wissen das ohnehin."

„Ich rede nicht mit ihnen darüber."

„Weil Du den SS-Männern in Dachau versprochen hast, nichts zu erzählen. Toll! Du tust deine Pflicht. Ein Amtseid ist ein Amtseid. Das ist dir wichtiger als das Gespräch mit den Kindern. Die vielleicht wissen wollen, was mit ihrem Vater damals passiert ist."

„Wollen sie das?"

„Hast du sie gefragt?"

„Mir tut dieses Gespräch weh. Ich glaube langsam, du willst mich nicht verstehen. War es nicht richtig, dass die Regierung in Wien nach dem Krieg gesagt hat: Versöhnung! Wunden schließen! Gräben zuschütten! Eine neue Hoffnung für die Zukunft, ein neues Österreich. Wir sollten doch wieder zusammenkommen, alle, es sollte doch wieder ein Land sein, in dem wir gemeinsam leben können. Soll man da immer wieder die alten Geschichten auftischen? Man muss verzeihen können. Alle Kräfte wurden benötigt, um ein neues Österreich aufzubauen. – Jeder macht Fehler…"

„Ein neues Österreich. Aber innen drinnen, im Herzen sind sie Nazis geblieben. Sie finden die Demokratie ein falsches Modell, da reden alle sinnlos durcheinander. In ihrem Inneren wünschen sie sich, dass nur eine Meinung zählt. Die ihre. Aber von ihren Verbrechen werden sie freigesprochen. Und dann werden diese unbescholtenen Saubermänner zur aufbauenden Kraft in Österreich. Und du bittest um ein mildes Urteil."

„Österreich ist meine Heimat. Wir haben sehr schlechte Zeiten durchgemacht. Wir haben gegenwärtig auch noch manche Schwierigkeiten zu bestehen, das ist klar. Aber so vieles ist geglückt, dass unser schönes Österreich wieder neu errichtet wurde! Und wir mit voller Zuversicht in die Zukunft blicken können. Du lebst hier in Amerika, so weit ist es …"

„Und in der Straßenbahn schaust du weg. Anstatt ihm eine Ohrfeige zu geben. Das hättest du tun sollen. Und eine kräftige.

Aber stattdessen bist du vor ihm davongelaufen. Wie ein kleines Kind."

„Ja, das stimmt, das war ein wenig lächerlich."

„Er läuft nicht vor dir davon. Er tut das nicht. Der Simmer ist fest davon überzeugt, dass er ein Opfer deiner Gemeinheit geworden ist. Und er grinst dich an, weil er zuletzt doch über dich gesiegt hat. Du hast den Prozess verloren."

„Ich habe den Prozess doch nicht geführt! Ich war doch nur einer der Zeugen …"

„Er hat dich und euch und das ganze neue Österreich mit seiner Lügerei ausgetrickst. Er steht vor dir, vor der Welt, moralisch gerechtfertigt. Und will wieder nett mit dir plaudern. Über alte Zeiten und so. Und du sagst: Versöhnung, Versöhnung!"

„Er saß zwei Jahre in Untersuchungshaft."

„Ist er dort zur Begrüßung auch so verprügelt worden, dass er dreimal ohnmächtig wurde, wie du in Dachau?"

„Man darf sich im Elend nicht so einrichten. Wir haben gesagt, wir nehmen jetzt alle Kräfte zusammen und schauen nach vorne. Das war für unser kleines, aus kalifornischer Sicht zweifellos ziemlich unbedeutendes, Land das einzig Richtige.

Ich wollte keine Rache. Ich wollte nicht, dass man dem Simmer das Gleiche antut wie mir. Was hätte das gebracht? Aber ich wollte auch nicht, dass er einfach so freikommt. Für sein Unrecht, das er jahrelang begangen hat, dafür sollte er eine angemessene Strafe bekommen. Und für seine unfassbare Lügerei während des Prozesses. Meine Inhaftierung war eine qualvolle Lage, wer das bestreitet, lügt."

„Warum hast du dir damals keinen Anwalt genommen?"

„Ich habe die Anzeige nicht eingebracht. Ich war ja nicht der Kläger.

„Und trotzdem hätte Dir das geholfen."

„Die alten Nazis haben Feierstunden veranstaltet. Im Märzenkeller. Mit Gratis-Bier. Über mich haben sie Witze gemacht. Aber nach dem Amnestie-Gesetz sind dann auch Mörder freigesprochen worden, hochrangige Wehrmachtsleute, Nazi-Richter, sadistische

Aufseher in Lagern und so weiter. Da ist der Simmer doch nur ein kleines Licht dagegen."

„Aber wir wollten doch, dass diese Welt nach dem Ende des Krieges von Grund auf gerechter wird."

„Ja, das wollten wir."

„Du hast mir einmal geschrieben, dass deine jüngere Tochter einen Brief an Hitler geschrieben hat."

„Ja, Martha."

„Sie ist wirklich zu Hitler gefahren und … und hat einen Brief übergeben?"

„Ja, das stimmt."

„Und dann bist du aus dem KZ freigekommen?"

„Unsinn! Es kam eine Antwort aus Berlin. Auf den Brief von Martha. Aber mit einem anderen Inhalt."

„Was stand in dem Brief?"

„Dass man meinen Fall geprüft hat, aber zu dem Entschluss gekommen sei, dass der politische Häftling Renoldner zu recht im Konzentrationslager Dachau festgehalten wird. Berlin, 24. November 1938. Gezeichnet, Leutnant Locher, Heil Hitler."

„Deine Tochter Martha. Du wirst sie gelobt haben!"

„Gelobt? Das Ganze war eine große Dummheit. Martha war nicht einmal siebzehn. Wie kann man nur auf so eine Idee kommen? Was versteht sie denn, wie Behörden funktionieren? Vielleicht hat ihre verrückte Briefaktion vom Obersalzberg meine Haftzeit sogar verschlechtert."

„Mein Gott, so etwas darfst du nicht denken. Nein, nein! Deine Tochter Martha war sehr mutig!"

Das Manuskript von Ann Storkowicz vermerkt auf den letzten Seiten unter anderem, dass auf der gemeinsamen Rückfahrt nach Calistoga kein Wort gesprochen wurde. Bei einem späteren Gespräch habe ihre Mutter berichtet, dass mein Großvater noch einmal vom Konzentrationslager erzählt habe, er habe von den herrlichen Sonnenaufgängen über Dachau geschwärmt, von der Morgenröte, von den schönen Leuchteffekten, und von religiösen Gefühlen, die ihn als

Sträfling des KZ überkommen hätten, wenn er die morgendlichen Glocken der Kirche von Dachau gehört habe, und dass er dabei gefühlt habe, er sei von Gott nicht allein gelassen. Und dass er dann ein Vaterunser gebetet habe, und daran dachte, dass man auch ihnen, den Wärtern im KZ verzeihen müsse, nach dem Wort: „… vergib uns unsere Schuld, wie auch wir vergeben unseren Schuldigern."

Er sei an solchen Morgen im Konzentrationslager froh und glücklich gewesen, und seine Frömmigkeit habe ihm geholfen, die Härte des Gefangenenlagers leichter zu ertragen als dies seinen Kameraden möglich gewesen sei. Überhaupt habe er, so berichtete Theresia, seine Haftzeit mehrmals als eine „Prüfungszeit" bezeichnet, der er wertvolle Erkenntnisse verdanke, und dass er dafür dankbar sei, dass man ihm diese Prüfungen auferlegt habe.

Ihre Mutter habe, fügte Ann hinzu, als sie das erzählte, den Kopf geschüttelt und zu weinen begonnen.

NACHWORT

Das vorliegende Buch des Gründungsdirektors des „Stefan Zweig Zentrums" der Universität Salzburg, Klemens Renoldner, enthüllt konzise recherchiert und mit dem Sinn für literarische Spannung eine in mehrfacher Hinsicht ungewöhnliche Familiengeschichte. Der Autor beschreibt auf der Basis umfangreicher biografischer Quellen aus öffentlichen und privaten Archiven seinen Großvater und dessen Schicksal als politischer Häftling in Einzelhaft in Linz und im Konzentrationslager Dachau 1938–1939.

Gleichzeitig spiegelt er unter dem nüchternen Titel „Geschichte zweier Angeklagter" zum Schicksal seines Großvaters eine Tätergeschichte und präsentiert die Biografie eines illegalen Nationalsozialisten und Spitzels. Dieser war als vorgesetzter Offizier für die Haft des Linzer Gendarmerie-Majors Alois Renoldner verantwortlich gewesen.

Dieses Werk endet aber nicht 1945, sondern thematisiert das Volksgerichtsverfahren gegen den ehemaligen Nationalsozialisten, der sich nach 1945 als Opfer darstellt und damit ein extremes Spiegelbild der österreichischen Gesellschaft repräsentiert.

Klemens Renoldner hat einen wichtigen Beitrag für die österreichische Zeitgeschichte geliefert, da in den letzten Jahrzehnten das Schicksal von Beamten, die davon überzeugt waren, gegen den aufkommenden Nationalsozialismus mit allen verfügbaren Mitteln auftreten zu müssen, kaum mehr reflektiert oder gar öffentlich diskutiert wird. Dieses Schweigen mag vielleicht damit zusammenhängen, dass viele von ihnen gleichzeitig als Repräsentanten der Dollfuß-Schuschnigg-Diktatur angesehen wurden. Aber viele waren gleichzeitig überzeugte Gegner der Nationalsozialisten, sowie manche illegale Nationalsozialisten, obwohl die NSDAP in Österreich nach 1933 verboten war.

Als ehemaliger Dramaturg des Wiener Burgtheaters und als Autor von mehreren Bänden mit Erzählungen, von Theaterstücken und Essays gelingt es dem Enkel, die Lebensgeschichte seines Großvaters sowie die Darstellung des Nazi-Denunzianten in eine lebendige Familiengeschichte einzupassen. Dazu gehört beispielsweise die Tochter des Majors, Martha, die sich ihr schönstes Dirndl angezogen hat und mit der Bahn von Linz nach Berchtesgaden gereist ist und tatsächlich dort einen Brief bei Adolf Hitler abgegeben hat, um ihren Vater freizubekommen.

Ebenso interessant und subtil erzählt ist die Auseinandersetzung des inzwischen pensionierten Polizeiobersten Renoldner anlässlich eines Besuchs bei seiner Schwester und seinem Bruder in Kalifornien 1961. Dabei entstehen heute kaum mehr reflektierte überraschende Perspektiven auf die NS-Verfolgung und die ambivalente juristische Auseinandersetzung mit den Naziverbrechen nach 1945 und die Kriegsopfer.

Dem Buch sind viele Leserinnen und Leser zu wünschen, da es perfekt recherchiert ist und auf besonderem schriftstellerischem Niveau Zeitgeschichte darstellt, wichtige Einblicke in das Leben sowie das Selbstverständnis von politischen Opfern und von nationalsozialistischen Tätern liefert – vor dem Hintergrund der geschichtspolitischen Perspektiven der österreichischen Nachkriegsgesellschaft, geteilt in meist leugnende Täter, Mitttäter und Zuschauer und weiterhin stigmatisierte Opfer unterschiedlicher Zuschreibungen durch das NS-Terrorregime.

Univ.-Prof. DDr. Oliver Rathkolb
(Vorstand des Instituts für Zeitgeschichte
der Universität Wien)

Inhalt